THE INSTANT NEW YORK TIMES BESTSELLER!
FROM JAY ASHER,
#1 NEW YORK TIMES BESTSELLING AUTHOR OF THIRTEEN REASONS WHY,
COMES A HOLIDAY ROMANCE THAT WILL BREAK YOUR HEART,
HAVE YOU BELIEVING IN LOVE AGAIN

BY

JAY ASHER

WHAT LIGHT

愛的聖誕時光

傑伊・艾夏——著
吳宗璘——譯

Spring Publishing

媒體名人盛讚

充滿愛與寬恕的動人小說。

——史蒂芬．切波斯基，《紐約時報》暢銷書《壁花男孩》作者

這本小說以第一人稱敘事方式、讓人回憶起簡純的年少時光，還有寬恕、希望，以及真愛力量的重要課題……以古典手法完成的小說，別有韻致，而且，書中還有諸多令人垂淚不止的感心情節。

——《紐約時報》書評

早在二〇〇七年作品《漢娜的遺言》當中，艾夏就已經展露出讓文字承載感情重力的獨特天賦……艾夏在這部小說裡注入了天真爛漫的甜美氣息，令人難以抗拒，它所散發的光暈，正如同懸掛了閃爍聖誕節燈飾的客廳一樣，充滿了溫馨感。

——《娛樂周報》

既然是《漢娜的遺言》作者出手，這本作品當然不容錯過！

——《Buzzfeed》網站

看了這部愛情小說，不禁讓人想要提早聽到那些聖誕頌歌。

——《Bustle》網站

艾夏又完成了一部傑作，他深入探討人際關係、友誼與愛情孰重孰輕的課題，書中角色寫實逼真，個性成熟。青少年將會在這些角色當中看到自己的身影，產生認同感。

——《Voice of Youth Advocates》網站

對於想要在假期暫時逃離現實、享受閱讀快感的讀者來說，能看到這部作品一定很開心。艾夏自暢銷處女作問世之後的新作，必定受人注目。

——《書訊》雜誌

甜美浪漫小品，聖誕節假期的完美讀物。

——《學校圖書館期刊》

可愛動人，如果有人想要在聖誕佳節尋找如拐杖糖與薑餅一樣溫暖（與熟悉）的冬日戀情，那麼，西耶拉與卡列博慢慢滋長的愛苗，一定可以打動這些讀者的心房。

——《出版人周刊》

艾夏是描繪生活日常情境與對話的箇中高手。西耶拉與朋友們互虧的玩笑趣味橫生，但卻不致過於離譜，而西耶拉與爸媽之間的坦誠對話，也可以看出她是個備受寵愛、但個性成熟的獨生女，爸媽訂有管教規範，但卻經常聆聽女兒的心聲。

——《童書中心月報》

本書是一部以初戀與寬恕為主題的小說，既甜蜜又揪心，書中也探討了改過自新、觀察他人真正性格等面向。西耶拉每年都與家人短暫停留某個小鎮，她不斷壓抑，提醒自己千萬不能與別人太過親密，而卡列博則因為曾犯下某起惡行，必須要學習寬恕自己。誠如他所說的一樣，每個人都有心情不好的權利，但直到他認識西耶拉之後，他才體悟到這句話的真諦。我大笑，歡呼，流淚，啊，我愛上了西耶拉、卡列博，還有這部細膩動人的作品。

——珍妮佛・尼文，《紐約時報》暢銷書《生命中的燦爛時光》作者

自序

親愛的讀者們：

自從我的第一部小說《漢娜的遺言》問世以來，希望與寬恕已成為我與青少年互動的重點議題。許多人告訴我，雖然這本書無法反映出他們生活的全部面貌，但他們終於懂得字裡行間的真正意涵。還有的人雖然喜歡這本書，但卻不覺得它映現出他們的自身經驗。可惜的是，關於他們生活的小說，將不會贏得「以勇敢誠實的視角、關照青少年歲月」的好評。所以，當我在最近結束了一場跨越五十州、見過各式各樣學生的宣傳演講之後，我迫不及待想要再度探索希望與寬恕這個主題，但這次要採行的是全然不同的方式。

《愛的聖誕時光》這個故事在我心中散發光熱，已有好長一段時間了。我曾經看過某篇新聞，新聞主角是在奧勒岡州經營聖誕樹農場的某個家庭，每一年，他們會千里迢迢將樹木南運到我加州住家附近的某處木材零售場。這則新聞的一大亮點是他們的小孩，不需要幫忙做生意的時候，他們會在鄰近的公立學校上課，或是與朋友一起玩樂。等到聖誕節結束之後，這一家人就會返回家鄉。兩組朋友？明確的聚散時間表？想必有精采故事！但我卻花了十二年的時間才終於找到它。

我開始著手撰寫《漢娜的遺言》的時候，其實依然不斷在腦力激盪，勤做筆記。那本書的主角是一個對未來失去希望、而且也無法寬恕過往的自殺者，只不過，後來有另外一個人找到了希望與寬恕。如果我想要再度切入同樣的主題，那麼，我希望能夠透過一個歡愉的愛情故事、貫穿這兩個元素。

我仔細研究了《愛的聖誕時光》的筆記，發現它充滿了潛力。這個故事可以讓我重溫許多相似的議題，但卻能以截然不同的透鏡仔細觀察。是愛，而不是傷害；是征服困難，而不是哀怨認命；是寬恕——尤其是寬恕自我——而不是罪惡感。

我之所以寫下這本書，是為了要獻給我遇過的那些青少年，有些人歷經太多黑暗歲月，但依然期盼懷抱未來會更燦爛；也有人的青春泰半美好，但依然會面臨憂傷與艱困抉擇。

這是我醞釀多時，想分享給大家的故事：《愛的聖誕時光》。

感謝大家。

傑伊・艾夏

1

「我好討厭每年的這個時候，」瑞秋開口，「抱歉，西耶拉，我知道自己一直碎碎唸，但這是我的真心話。」

清晨薄霧暈染了位於草坪另一頭的學校入口，我們為了避開草葉上的露珠，只好緊挨著水泥鋪面小徑往前走，不過，瑞秋抱怨的並不是天氣。

「拜託別這樣，」我哀嘆，「妳這樣又害我好想哭，我只想好好過完這個禮拜，不要有——」

「不到一個禮拜啦！」她回道，「只剩下兩天了，再過兩天就是感恩節假期，妳又要離開一整個月，超過了一個月！」

我挽住瑞秋的手臂，兩人繼續往前走。雖然離家去度假的人明明是我，但瑞秋卻搞得像是每年一到這個時候、她的世界就此天翻地覆。她的噘嘴表情，再加上頹然的雙肩，全都是因為我，所以我知道有人會時時想念我。她每年一次的悲傷情緒，總讓我心存感激。雖然我喜歡自己的目的地，但依然很難開口道別，不過知道好友會倒數日子、等待我回來，這樣的分離也就沒那麼痛苦了。

我指了指眼角的淚水，「妳看看妳做了什麼好事？又開始了啦。」

今天早上，媽媽載我們離開我們家的聖誕樹林場的時候，天空十分清朗。工人們在裡頭忙著砍下今年的植栽成果，遠方傳來的電鋸聲宛若蚊子在嗡嗚。

我們開到下坡路段的時候，濃霧來襲，瀰漫了全部的小林場，籠罩州際公路，隨即進入市區，帶來了此一季節的傳統氣息。每年到了這個時候，我們這個奧勒岡州小鎮的氣味就會散發出剛砍下的聖誕樹的氣味，至於其他時節，應該就是甜玉米或是甜菜的芳香。

瑞秋為我打開雙開玻璃門的其中一側，然後跟著我，一路走到了我的置物櫃前面。她舉手，在我面前輕輕搖晃了一下她的閃亮紅錶。「我們還有十五分鐘，」她說道，「我現在心情不太好，而且覺得好冷，趁第一堂課鐘響之前，一起喝杯咖啡吧。」

我們學校的戲劇指導老師是李維史東小姐，她為了吸引大家能夠準時到齊，總是大方鼓勵她的學生盡量攝取咖啡因，後台呢，總是準備了一壺熱咖啡，而瑞秋是布景首席設計師，進出表演廳對她來說根本是如入無人之境。

上個禮拜六，他們剛演出了《恐怖小店》，布景要等到感恩節過後才會拆除，所以瑞秋和我打開劇場後方燈源的那一刻，它依然矗立在舞台上頭，花店櫃台與巨型綠色食人植栽之間坐了一個人，是伊莉莎白。她看到我們，挺直身體，對我們揮揮手。

瑞秋繼續往前走，帶我穿越走道。「今年呢，我們要給妳一個東西，讓妳帶去加州。」

我跟著她，經過了那一排又一排的紅色絨墊座椅，顯然，她們也不管我在學校的最後幾天會哭得慘兮兮。我登上舞台階梯，伊莉莎白立刻起身跑來，緊緊擁抱著我。

「我說得沒錯吧，」她轉頭看著瑞秋，「我早就告訴妳了，她一定會哭。」

「妳們兩個好討厭。」

伊莉莎白交給我銀亮聖誕節包裝紙所包裹的兩份禮物，不過我已經多少猜到裡面是什麼東西。上個禮拜，我們一起去市中心禮品店，我看到她們盯著相框，尺寸大小就與這兩個禮物盒一模一樣。我坐下來，靠在老式金屬收銀機櫃台的前面，準備打開禮物。

瑞秋也盤腿而坐，我們的膝蓋差點就碰在一起。

「妳打破了我們的規矩，」我把手指頭伸進第一份禮物包裝的摺痕裡，「應該要等到我回來才能送禮。」

伊莉莎白說道，「我們希望給妳一點小東西，能夠讓妳天天想念我們。」

瑞秋還跟我致歉，「我們應該在妳第一次離開的時候就想到才是，拖到現在真是很不好意思。」

我的第一個聖誕節，媽媽與我一起待在林場，而爸爸則負責押送我們家生產的聖誕樹到加州。第二年，媽媽覺得我們應該要繼續待在家裡，但爸爸卻再也不想拋下我們，他說，他寧可放棄一年的賺錢機會，只靠貨運將樹木送到美國另外一頭的零售商手上就夠了。不過，媽媽卻覺得這種作法很對不起那些每逢佳節就固定來找我們買樹的家庭。雖說這畢竟只是生意，但爸爸是接手家業的第二代，這對他們兩人來說，也是一項值得珍惜的傳統。畢竟，他們兩人之所以認識，都是因為媽媽與外公外婆也是每年固定買樹的常客。所以每年感恩節一開始，我們就得前往加州，一直待到聖誕節結束。

瑞秋往後退，將雙手貼住舞台作為支撐，起身。「妳爸媽是不是下定決心了？這是最後一次在加州過聖誕節？」

我撕開貼在另一道摺痕的膠帶，「這是禮品店包裝的吧？」

瑞秋假裝對伊莉莎白說悄悄話，但音量卻足以讓我聽得一清二楚。「她在轉移話題哦。」

「抱歉，」我回道，「我只是萬萬不願想到這是我們的最後一年。我好愛妳們，而我也好想念那裡。我知道的也不過就只是我偷聽到的部分——他們還沒跟我說——但他們似乎面對了沉重的經濟壓力。既然他們還沒有下定決心，我也不想讓我的心就此落定歸屬在哪一邊。」

要是我們能再撐三年的話，我們的家族事業就在此整整立足了三十年。當初，這座小鎮出現了爆發式成長，我們奧勒岡林場的那些鄰近城市也出現了諸多木材零售場，數目可觀。現在，無論是超市或五金行，到處都可以買得到樹木，不然，大家就是為了慈善募款而賣樹，像我們這樣的木材零售場已經不像以往那麼普遍。我們要是打算放棄的話，之後的收成就會直接賣給超市或募款單位，不然就是提供給其他的木材零售場。

伊莉莎白把手擱在我的膝頭，「其實我也有點盼望妳明年還是能夠回去，因為我知道妳深愛那裡。不過，妳要是能夠留下來，我們就能第一次共同歡度聖誕節了。」

一想到這個提議，我的臉上就忍不住泛起微笑。我好愛這些女孩，但海瑟也是我的好閨蜜，而在一年當中、也只有我待在加州的那一個月能夠與她見面。「我們每年都會回去的，永遠不變，」我回道，「我沒辦法想像突然之間……不去了，到底會出現什麼狀況。」

「我現在就可以告訴妳，」瑞秋說道，「到那個時候，我就是高三生了。我們可以去滑雪、泡湯，而且在皚皚白雪裡！」

但我喜歡我們的無雪加州小鎮，位置就在海岸邊，從舊金山南下，開車三個小時就到了。我也喜歡賣樹，看到老客人每年都全家出動、特地來找我們買樹。花了這麼多時間養樹，卻只是純粹把它們轉交給其他人賣出去，感覺就是不太對勁。

「聽起來很好玩，對吧？」瑞秋說道，她挨到我身邊，對我不斷挑眉，「現在，再想像一下，有男孩陪伴……」

我嗤之以鼻大笑，然後又以手掩嘴。

「不然，沒有也可以，」伊莉莎白緩頰，又拉住瑞秋的肩膀，「只有我們三個人也一定很棒——無男孩的純淨時光。」

「其實我每年聖誕節都是這樣，」我回道，「記得去年嗎？就在我們開車前往加州的前一個晚上，我被甩了。」

「太慘了，」伊莉莎白說道，但她還是發出輕笑，「然後，他帶了一個有海咪咪的自學生女孩參加冬季舞會，而且──」

瑞秋伸出食指、壓住伊莉莎白的嘴。「我想她記得啦。」

我低頭看著第一份禮物，包成這樣根本拆不完，拆到現在幾乎還是原封不動。「我不怪他。誰會想要在過節的時候維持遠距離戀愛關係？換作是我，我也不要。」

「不過呢，」瑞秋說道，「妳也講過林場的工讀生裡面有好幾個帥哥。」

「對啦，」我搖搖頭，「妳以為我爸真准我談戀愛啊。」

「好，不要再講這個了，」伊莉莎白說道，「快拆妳的禮物。」

我撕開一小片膠帶，但我此刻的心已經飄飛到加州。打從海瑟與我有童年記憶開始，我們就一直是好朋友。我的外公外婆與她的家人比鄰而居，當我外公外婆過世的時候，她爸媽每天總會把我接過去、照顧我好幾個小時，讓我的爸媽能夠喘口氣。而我們也會回報她家一棵美麗的聖誕樹、許多聖誕花環，還會提供兩三個免費工人幫他們掛上屋頂燈飾。

伊莉莎白嘆氣，「拜託，拆快一點好嗎？」

我乾脆直接撕開其中一面的包裝紙。

當然，她們說的也沒錯。我衷心盼望能在我們畢業各奔東西之前、能與她們至少共度一個冬季。和她們一起散步欣賞各式各樣的聖誕樹、參與她們所提到的各種活動，一直是我的夢想。

但話又說回來，我也只能趁在加州過節的日子、與其他閨蜜見面。早在多年前，我就已經不再稱呼海瑟為我的冬季之友，她是我最親密的好友之一，沒錯。我外公外婆還在世的時候，我總會趁每年暑假探親之際，與她共度好幾個禮拜的時光，但自從他們過世之後，就再也沒這個機會了。我知道這可能是我與她共度的最後一個冬季，好擔憂自己無法安心享受這個冬季。

瑞秋起身，走到舞台的另外一頭。「我得來點咖啡。」

伊莉莎白在她背後大喊，「可是她在拆我們的禮物耶！」

「她是在拆妳的禮物，」瑞秋回道，「我的是紅緞帶的那一個。」

我第一個打開的是綠緞帶禮物，裡面的相框是伊莉莎白的自拍照。她露舌吐向側邊，而目光卻朝向另外一個方向，她每張自拍幾乎都是這個姿勢，也正因為如此，這張照片真讓我愛不釋手。

我把相框壓在胸前，「謝謝。」

伊莉莎白臉紅了，「不客氣。」

我對著舞台另外一頭大喊，「我現在要拆妳的禮物囉！」

瑞秋拿著三杯熱氣蒸騰的咖啡，朝我們緩緩走來。我們各拿了一杯，我把自己的咖啡放在旁邊，瑞秋也坐回我的前面，然後，我開始拆她的禮物，雖然只是分別一個月，但我一定會超級想念她。

在瑞秋的照片中，她的美麗臉龐刻意別向另外一頭，而且還以手微微遮擋，彷彿不想被拍到一樣。

「我被狗仔隊跟蹤的時候，應該就會是這個模樣，」她繼續解釋，「我像是剛從豪華餐廳走出來的超級女明星。不過，在真實生活中，我後頭應該會有個壯漢保鑣才是，但——」

「但妳不是女演員，」伊莉莎白接口，「妳想做的是布景設計。」

「這是計畫之一啦，」瑞秋說道，「妳知道這世界上有多少女演員嗎？好幾百萬以上！每個人都好拚命，就是想要得到注目，這種行為只會招來反效果。總有一天，當我為某個知名製作人設計布景的時候，他會對我另眼相看，他知道要是讓我一直隱身幕後，就等於是埋沒了我的天賦，我應該要出現在螢光幕前才對。最後，大家都會稱讚他獨具慧眼、挖掘了我，但實情是我讓他發掘了我。」

「我擔心的是，」我回道，「我知道妳真心認為一定會出現這種情節。」

瑞秋啜飲一小口咖啡，「但這一定會發生啊。」

第一節課鐘聲響起，我趕緊拿起那一坨銀色包裝紙、揉成一團。瑞秋接過去，把它與我們的咖啡杯一起丟進後台的垃圾桶裡面。伊莉莎白幫我把相框放進購物紙袋，捲好，又交還給我。

伊莉莎白問道，「這兩天應該是沒有機會去妳家道別了哦？」

「恐怕是沒時間了，」我跟著她們步下階梯，在通往舞台後方的走廊快步前進，「今天晚上我會早早上床睡覺，所以明天早上我可以工作兩三個小時之後再上學，然後，我們星期三一大早就離開這裡。」

「什麼時候？」瑞秋問道，「也許我們可以——」

「凌晨三點。」我哈哈大笑，從我們的奧勒岡林場開到我們的加州零售場，大約需要十七個小時的車程，總之要看上廁所休息的次數與假期的交通狀況而定。「當然，如果妳們想要那麼早起的話……」

「那就算了，」伊莉莎白回我，「我們就在夢中祝福妳囉。」

瑞秋問道，「妳的學校作業都拿到了吧？」

「應該是。」兩年前的冬天，學校裡像我們這樣的長途運樹小孩還有十多個，而到了今年，只剩下三個。幸好這個區域有許多林場，所以老師們也早已習慣因應不同的砍伐時段、配合學生機動調整。「卡波老師擔心我在離校的這段期間沒辦法好好練習法文，所以他每個禮拜會與我通一次電話。」

瑞秋對我眨眨眼，「這是他希望與妳通話的唯一理由嗎？」

我回道，「妳別這麼噁好不好。」

「妳要記得，」伊莉莎白說道，「西耶拉不喜歡年紀大的男人。」

我現在哈哈大笑，「你講的是保羅對嗎？我們分手的原因不是因為他年紀比較大，而是因為被我抓到他在某個朋友的車子裡、拿著已經開罐的啤酒。」

「他也為自己辯護了，他又不是開車的人，」瑞秋講出了重點，我還來不及回嘴，她卻大手一揚，「不過，我知道妳的意思，妳覺得這象徵了他可能會有酗酒問題，或是決斷力不佳，不然……就是另有原因。」

伊莉莎白搖頭，「西耶拉，妳就是一直這麼龜毛。」

只要一提到我評判男人的標準，瑞秋與伊莉莎白一定會擺臉色給我看。我只是看過太多被男人搞得很慘的女孩，也許一開始不是這樣，但一定沒有好結果。為什麼要在那種人身上浪費好幾年或是好幾個月，甚至是好幾天的時間？

就在我們快要到達回到穿堂的雙開門之前，伊莉莎白突然往前一步，旋身看著我們。「我英文課快遲到了，不過，我們今天一起吃午餐好嗎？」

我露出微笑，因為我們每天都一起吃中餐。

我們推開大門，進入穿堂，伊莉莎白也消失在那一大群學生之中。

「只能再吃兩次午餐，」瑞秋開口，我們往前走，她開始假裝拭去眼角的淚水，「我們剩下的時間就只有這麼一點點了，讓我差點想要——」

「住口！」我阻止她繼續說下去，「不要再講了。」

「哦，別擔心我，」瑞秋不屑一顧揮揮手，「我早已安排了一大堆計畫，等妳在加州吃喝玩樂的時候，我可有得忙了。嗯，下禮拜一我們要開始拆這裡的布景，應該要花一週左右的時間。然後，我得支援舞會籌辦委員會完成冬季舞會的設計。雖然不是戲劇活動，但只要他們有需求，我一定會發揮我的長才。」

我問道，「他們想出了今年的主題嗎？」

「『愛的玻璃雪球』，」她回道，「我知道，聽起來很俗，但我已經有了絕妙創意，我會把整間體育館搞得像是大家置身在玻璃雪球裡跳舞一樣。所以囉，在妳回來之前，我會忙得要死。」

「看吧，妳哪會想我啊。」

「沒錯，」我們繼續往前走，瑞秋以手肘推了我一下，「不過妳最好要乖乖想我。」

一定的。在我這一生當中，思念朋友已然成為我的聖誕節傳統之一。

2

太陽才剛剛從山丘後方露臉，我已經準備將爸爸的卡車停在泥濘便道的旁邊。我緊急煞車，眺望窗外，這是我最鍾愛的景色之一。距離駕駛座幾英尺遠的地方，是堆放聖誕樹的起點，它的總面積佔據了超過百英畝的連綿山丘，卡車的另外一側就是我們家同樣廣闊的林場。而我們土地邊界的兩側地帶，可以看到更多林場正忙著處理數量更為可觀的聖誕樹。

我關掉暖氣，步出車外。我知道寒氣即將襲身，趕緊把頭髮紮成緊實的馬尾、塞進笨重冬衣外套的後頭，將帽兜蓋住頭，拉緊抽繩。

樹脂在潮濕空氣中散發出濃烈氣味，我的厚靴踩踏在濕答答的土壤裡，格外難行。我從口袋裡拿出手機，樹枝也不斷刮擦兩側的袖身。我按下布魯斯叔叔的手機號碼，以肩膀夾住手機貼耳，同時忙著戴上我的工作手套。

他一接到電話就哈哈大笑，「西耶拉，顯然妳咻一下就到了！」

「我才沒開那麼快啦！」其實，過彎與在泥地上滑駛的樂趣無限，我根本抗拒不了。

「親愛的，別擔心，我已經開卡車壓那條山路幾百遍了。」

「我看過啊，所以我才知道一定很好玩，」我繼續說道，「反正，我已經快到放置第一捆的地方了。」

「待在那裡等我一下。」就在叔叔掛電話前的那一刻，我聽到了直升機馬達的啟動聲響。

我從外套口袋裡取出橘色反光背心，將雙臂伸進袖洞裡，然後將胸前的長條型魔鬼氈黏好，讓布魯斯叔叔可以在空中看到我的位置。

大約在前方兩百碼的地方，傳來電鋸的滋滋聲，工人們正忙著截斷今年聖誕樹的樹根。兩個月前，我們開始標記今年要砍下的樹木，我們會在接近頂端的樹枝綁上彩色塑膠緞帶，可能是紅色、黃色，或是藍色，完全是按照樹木高度決定，等到我們裝載的時候，更容易分門別類。只要是沒有任何標記的樹木，就會等它們繼續長大。

我看見那台紅色直升機從遠方朝這裡飛來。當初布魯斯叔叔買直升機的時候，爸媽曾經助他一臂之力，而他則幫我們空運樹木作為回報。有了它之後，我們就不必在蜿蜒的便道上浪費時間，而且更能讓樹木在運送時維持鮮度。而至於其他時段，他會利用直升機載觀光客沿著岩面海岸欣賞美景。有時候，他還得擔負起英雄的角色，找尋失蹤登山客。

前方的工人砍下四、五棵樹之後，將它們擺排在一起、放置在兩條長型纜繩的上方，宛若在放置鐵軌一樣。他們繼續往上堆，約收了約十二棵樹之後，就會將纜繩綁好，紮緊，然後準備搬運。

我現在就站在這裡。

爸爸在去年第一次讓我嘗試這份任務，我知道他想告訴我這份工作對十五歲的女孩來說太危險了，但他就是不敢大聲說出口。他請來幫忙的那些男生當中、有好幾個是我的同學，而他也放手讓他們使用電鋸。

直升機槳葉的聲音越來越嘈雜——噠噠噠噠——劃破氣流。我準備要將今年的第一捆聖誕樹送上去，心跳的節奏也與槳葉一樣激昂。

我站在第一批樹的旁邊，動了一下戴了手套的十根手指頭。清晨的陽光折射在在聖誕樹專屬直升機的窗戶上面、發出閃耀光芒，

直升機逐漸接近，速度越來越慢，我站住不動，靴子陷在泥地裡面。槳葉在我上方盤旋，噪音越來越大聲，噠噠噠噠。直升機緩緩下降，金屬鉤終於碰到了那捆樹的針葉。我把手高舉過頭，做出畫圓圈的動作，請他再放慢速度。等到鉤鉤又降下了幾英寸之後，我一把抓住，把它塞進了繩索下方，然後，我又往後退了兩步。

我抬頭，看到布魯斯叔叔正低頭對我微笑。我伸出手指、朝他比了一下，他也對我豎起大拇指，隨即高飛離開，那一捆紮得緊實的樹木也隨之離地、飄飛而行。

❖ ❖ ❖

一輪新月高懸在我們的林場天空。從我樓上的窗戶望去，可以看到沒入幽影之中的連綿山勢。在我的孩提時代，我會站在這個地方、假裝自己是船長，正在凝望夜晚洋面，在上方星空的對比映照之下，山勢的隆凸線條顯得更加幽隱不明。

由於我們擁有一套不斷循環的種樹模式，所以，年復一年，眼前的這幅景觀恆常不變。每年，我們只砍下六分之一的樹木，並且在原地種下秧苗。在這種六年一度的循環過程中，每一棵樹最後都會被運送到全國各地的家庭當中、成為他們聖誕佳節的居家中央擺飾品。

正因為如此，我們家也有了截然不同的過節傳統。感恩節的前一天，媽媽與我駕車南下，與爸爸團聚，然後與海瑟一家人共進感恩節晚餐。第二天，我們開始賣樹，從早忙到晚，而且會一直賣到平安夜才結束。到了那天晚上，疲憊至極的我們，將會交換禮物。其實，我們這台Airstream的銀色拖車——也就是我們的家外之家——已經沒有多少空間能夠放下其他人的禮物。

我們的林場興建於一九三〇年代，由於木板與階梯都已經相當老舊，所以半夜起床的時候鐵定會發出噪音。我緊貼噪音沒那麼大聲的階梯側邊、一路往下走，不過，就在我距離廚房還剩下三級階梯的時候，突然聽到媽媽從客廳呼喚我的聲音。

「西耶拉，妳早在幾個小時前就該上床睡覺了。」

只要爸爸不在家，媽媽就會窩在客廳的沙發上、看電視入眠。我的浪漫面覺得媽媽應該是因為覺得爸爸不在家的臥房太孤單了，而我不浪漫的那一面卻覺得她之所以想要在沙發上入睡，只不過是為了叛逆而已。

我拉緊睡袍，雙腳伸進放在沙發邊的破爛球鞋裡。媽媽打了個大哈欠，拿起地板上的遙控器，關掉電視，客廳瞬間變得一片漆黑。

她打開桌燈，「妳要去哪裡？」

「溫室，」我回道，「我想要把那棵樹拿進來，我們才不會忘記帶走。」

我們不習慣在前一晚將行李放入車內，而是將它們堆放在大門口附近，所以我們就可以在開車離開之前再仔細檢查一次。一旦我們上了高速公路，長路迢迢，不可能回頭的。

媽媽叮嚀我，「之後妳就趕快給我上床睡覺，」她跟我一樣，都有因心事而失眠的毛病，「不然的話，我明天不准妳開車。」

我趕忙說好，關上了大門，又把睡袍拉緊了一點，阻絕冷空氣。溫室一定很暖和，不過，我只會待一下下，拿到我剛移植到黑色塑膠盆的小樹之後，就立刻離開。我會把它放在我們的行李旁邊，等到吃完感恩節大餐之後，海瑟與我將把它種進土裡。由我們林場培育出的六棵小樹苗，已經在加州的紅雀峰的山頂逐漸茁壯，而我們每年都有同樣的來年計畫，就是砍下第一棵種下的樹、送給海瑟一家人。

這也是我們不能讓今年冬天就此成為絕響的另一個理由。

3

從外頭看這台拖車，貌似某個翻倒在地的銀色保溫瓶，不過，我一直覺得它的內裝十分舒適。有貼牆的小折桌，而我的床鋪邊緣正好可以拿來當作長型餐椅。小巧廚房一應俱全，有水槽、冰箱、爐子，以及微波爐。雖然我爸媽當初購買的時候，特地將浴室升級加大，但我每年都覺得這空間變得越來越小。如果想要洗個正常的澡，無法直接彎身，一定得伸長手臂，才能夠擦洗大腿。我床鋪的另外一頭是爸媽的臥房，裡面放了雙人床、小衣櫥與腳凳之後，幾乎沒有剩下任何空間。現在他們雖然緊閉房門，但我還是可以聽到媽媽因長途車旅的補眠打呼聲。

我的床尾接近流理台，上方是木櫥，我拿了個白色大圖釘，釘入木板裡。然後找了條亮面綠色緞帶，將放在旁邊餐桌上的瑞秋與伊莉莎白的相框以一上一下的方式串起來，最後，把綠色緞帶的尾端打結，將圈結掛在圖釘上，這樣一來，我每天回家的時候都可以看到我的朋友。

我對她們打招呼，「歡迎來到加州。」

我整個人立刻移到床頭，打開窗簾。

萬萬沒想到一棵聖誕樹就這麼朝窗戶倒下，我嚇得尖叫，針葉不斷刮擦玻璃，有人拚命想要把樹再次扶正。

安德魯透過枝葉空隙偷瞄了一下，應該是想要確定自己沒有砸壞玻璃。他一看到我就臉紅了，我也趕緊低頭，確定自己剛才洗完澡之後有穿上襯衫。這些年來，我多次在晨浴後就直接裹著毛巾走到外頭閒晃，然後才想起來外頭有好多高中男生在這裡打工。

去年的時候，安德魯成為第一個邀我出去約會的男生，也是最後一個。他寫了張字條，貼在我的窗戶的另外一側。我猜，他本來是要裝可愛吧，但我想到的卻只有他在一片漆黑之中、趁我睡覺的時候躡手躡腳靠過來，距離我不過幾英寸的那個畫面。所幸，我還能保持鎮定、直接告訴他，和這裡工作的人約會是不智之舉。其實這不算是明文規定，但我爸媽已經提過好多次了，他們也在這裡工作，所以對於牽涉其中的每一個人來說，可能都會非常尷尬。

當初爸媽也是在我這個年紀的時候認識了彼此，當時他就在這間木材零售場與我的祖父母一起工作，而她家距離這裡不過只隔了幾條街而已。某個冬天，他們陷入熱戀，之後的那個夏天，他為了棒球夏令營而特地回來。他們結婚之後，接管這間零售場，為了要找其他人手幫忙，他們開始僱用那些想趁假期賺額外零用錢的當地高中球隊隊員。在我小時候，這一直不成問題，但等到我進入青春期之後，拖車周邊開始掛上了更厚重的新窗簾。

我雖然聽不見安德魯的聲音，但看得出他在窗戶另外一側張口示意說了聲「對不起」。他終於把樹扶正了，接下來，又把基座往後拉動了好幾英尺，下方的枝葉才不會碰到周邊的樹。

我拉開窗戶，閉上雙眼。外頭的空氣和家鄉的氣味並不算是百分百相同，但也很近似了，不過，景觀卻截然不同。聖誕樹不再矗立於起伏的山丘之上，而是被豎放在金屬基座裡、最後被擱在泥地上。這裡也不是無限綿延數百英畝的林場，只不過是接鄰橡樹大道的一英畝空地而已。街道的另外一頭是通往超市的停車場，一片空蕩蕩。今天是感恩節，麥克葛雷格爾超市也就提早打烊。

早在我們家族到這裡賣樹之前，麥克葛雷格爾就已經在此地深耕已久，現在，他們是鎮上僅存的非連鎖型超市。去年，店老闆告訴我爸媽，等到今年我們回去賣樹的時候、他們可能已經歇業了。兩個禮拜之前，爸爸打電話回家報平安、告訴我們他已經抵達加州，我問他的第一件事就是麥克葛雷格爾還有沒有繼續營業？在我的童年時代，我好喜歡媽媽或爸爸趁著賣樹空檔的時候、帶著我過馬路去店裡買雜貨。多年之後，他們直接交給我購物清單，由我自己一個人去把東西買齊。而這幾年以來，臚列清單已經也與購物一樣、成了我的責任。

我看到一台白色轎車朝對面開過去，很可能是想要確定超市真的已經打烊了。駕駛經過商店門口時，放慢了速度，然後又加速穿越停車場，回到了馬路。

不知道爸爸隱身在聖誕樹樹堆的哪個地方，但我聽到他大喊，「一定是忘了小紅莓醬！」我聽到那些棒球隊隊員的大笑聲響徹了整個零售場。

每年一到了這一天，爸爸就會拿那些敗興而加速離開麥克葛雷格爾超市的駕駛開玩笑。「要是沒有南瓜派就不是感恩節了！」不然，「我覺得一定是有人忘了買火雞填料！」其他人總是會跟著朗聲大笑。

我看到其中兩個人扛著一棵大樹、從拖車前經過。前頭那個被中段的濃密樹枝蓋住了雙臂，而跟在他後面的那個則抱住了樹幹。兩人突然同時停下腳步，好讓前面的那個人能夠調整手部的施力位置。另外一個人在等待的時候，盯著拖車，與我四目相接，他露出微笑，又對前頭那傢伙不知低聲說了些什麼，但卻讓他的同伴也開始盯著我。

我雖然沒有打算要讓他們驚為天人（無論他們有多帥都一樣），但此時此刻我真的好想確定自己的頭髮是不是跟瘋婆子一樣，所以，我很有禮貌地揮揮手，而他們就離開了。

拖車另一頭的大門，傳來某人在金屬階梯刮擦鞋底的聲響。自從爸爸佈置好了零售場之後，還沒有下過雨，但外頭的地面總是沾滿了露水。樹木基座裡面積滿了水，而且針葉上頭也滿佈霧氣，這種狀況每天都得上演好幾次。

「叩—叩！」

我才剛把門閂打開，海瑟就立刻拉開門，發出尖叫，她伸出雙臂擁抱我，深色捲髮也跟著上下晃動。聽到她高音頻的驚呼聲，讓我忍不住開懷大笑，她跪在我床上、仔細觀看瑞秋與伊莉莎白的照片，我也跟了過去。

「這是她們給我的臨別贈禮。」

海瑟撫摸著上方的相框，「這就是瑞秋吧？她是不是在躲狗仔隊？」

「哦，她要是知道妳看出她的用心，她一定開心死了。」

海瑟想要查看外頭的狀況，立刻撲到窗戶前面。她伸出食指輕敲玻璃，其中一名棒球校隊男生立刻轉頭看著我們。他捧了個標有「槲寄生」字樣的紙箱，走向我們暱稱為「大腳趾」的綠白相間的帳篷。那裡是我們為客戶結帳的地方，裡面也販售其他商品，還有灑滿假雪的展示聖誕樹。

海瑟視線依然緊盯窗外，開口問我，「妳有沒有發現到今年的校隊帥到不行？」

當然有啊，不過，要是我無知無感的話，狀況反而會變得單純多了。只要爸爸覺得我在和某個打工男生眉來眼去的話，他一定會逼這傢伙仔細清掃那兩間戶外廁所，希望他身上沾染的臭味能讓我退避三舍——這招真的有效。

其實我根本不想在這裡談戀愛，無論對方有沒有幫我們打工都一樣。如果注定聖誕節的早晨就會心碎，又何必陷溺其中？

4

我們吃完感恩節大餐，也聽完了海瑟爸爸每年都來一遍的「冬眠到春天」的笑話之後，大家也各據一方，而每個人所歸屬的位置早已成了我們的傳統。我們的爸爸負責收拾與清潔碗盤，部分原因是因為他們可以繼續慢慢啃火雞。而媽媽們則跑到車庫、拿出多到不行的聖誕節裝飾品。海瑟跑到樓上，抓了兩支手電筒，而我在梯底等她下來。

我從大門附近的衣櫃裡拿了件媽媽的森綠色兜帽上衣、準備出門，衣服的胸前寫有黃色粗體字，樵夫，那是她大學的吉祥物。就在我把衣服從頭頂套下去的時候，聽到廚房後門打開的聲響，我立刻抬頭張望，想知道海瑟是不是已經準備下樓了，因為我們的媽媽等一下就會進來找幫手，我們得趕緊溜之大吉。

媽媽在呼喚我，「西耶拉？」

我把頭髮從領口拉出來，立刻回吼，「我要出門囉！」

媽媽進來了，拿著一個大型透明塑膠桶，裡面全是包了報紙的裝飾品。

「可以跟妳借一下衣服嗎？」我問道，「等到妳和爸爸回去的時候，妳可以穿我的衣服。」

「不要，妳的衣服好小。」

「我知道，可是妳待在外頭的時間也不像我們那麼長，」我回道，「而且啊，天氣根本還沒那麼冷。」

「而且啊……」媽媽在挖苦我，「早在我們出門之前，妳就應該想到天氣會變冷才是。」

我準備把衣服脫下來還給她，但她卻示意我就穿著吧。

「明年這個時候，一定要留下來幫我們……」她後面講的話，我已經漸漸聽不進去了。

我的目光飄向階梯。她並不知道我已經聽到她與爸爸、還有他們兩人與布魯斯叔叔之間的諸多對話內容，討論明年到底還要不要過來開設聖誕樹零售場。顯然，兩年前撤守是最佳選擇，但大家都希望景氣能夠觸底反彈。

媽媽把塑膠桶放在客廳地毯上，打開了保護蓋。

「當然，」我回道，「明年這個時候……」

海瑟三步併作兩步跳下階梯，她穿了件褪色的紅色運動衫，每年也只有到這個時候她才會拿出來穿。袖邊已經破破爛爛，領口也變得鬆垮垮。當初，我外婆葬禮過後沒多久，海瑟的媽媽為了要讓我打起精神，帶我們去逛二手店，買到了這件衣服。每每看到她身著這件運動衫，總讓我心中充滿了甜蜜與苦楚。它讓我想起自己有多麼懷念來此探望外公外婆的往日時光，還有，長期以來，海瑟這個朋友對我來說有多麼重要。

她站在梯底，拿出兩支小手電筒讓我先選，紫色，還有藍色。我拿了紫色的那一支，放入口袋。

媽媽打開了包裹雪人蠟燭的報紙。除非海瑟媽媽破天荒改變了她的裝飾計畫，不然這支蠟燭鐵定得放在前面的浴室裡。它的燭芯發黑，因為在去年的時候，曾經被點燃了那麼一下下。蠟燃味才剛剛發散出來，海瑟的媽媽立刻猛拍浴室門，她爸爸只好趕緊吹熄。「那是裝飾品！」她大吼，「裝飾品怎麼可以點火！」

媽媽望了一下廚房，又看著我們。「如果妳們想出門，最好現在離開，」她對海瑟說道，「妳媽媽正在挑聖誕節最醜毛衣大賽的衣服，顯然她今年是贏定了。」

我問道，「有多糟糕啊？」

海瑟皺了一下鼻頭，「如果她沒拿下冠軍，那就是評審有問題，不懂什麼是真正的恐怖。」

我們一聽到後門開啟的聲音，倉皇衝向前門，砰一聲關門。

我從零售場帶過來的小樹，就放在大門踏墊旁邊。先前我已經把小樹從塑膠桶裡移了出來，現在，托住它根部的已經換成了刮手的粗麻袋。

「這一半就給我吧，」海瑟拿起籃球狀的包包，將它擱在手臂的臂彎處，「妳剛才帶來的小鏟子，就由妳繼續負責帶過去囉。」

我拿起那把園藝專用小鏟，兩人一起走向她停車的地方。

❖ ❖ ❖

我們往紅雀峰的方向沿路上行，才走不到一半，海瑟就說該走路過去了。我把手電筒塞進屁股口袋，把小樹放進我的懷抱裡。

她開口問道，「準備好了沒？」我點點頭，她從我手中取走小鏟。

我調整了一下姿勢，繼續爬坡，雖說是山坡，但當地人喜歡稱它為山峰。我們走在泥巴便道的正中央，繞三圈之後，就能到達我們的目的地。今晚的新月宛若剛被剪下來的指甲片，映照坡側的月光幾乎稀微難辨。當我們繞到另外一頭的時候，更需要手電筒的協助，現在，它的主要功能就是在我們聽到樹叢裡有奇怪動靜的時候，可以立刻閃動光束，把牠們嚇跑。

「好，所以那些與妳共事的男生不能碰，」海瑟開口，那語氣彷彿是說出她心中已經演練多時的對話，「那幫我腦力激盪一下，是不是還有其他人可以讓妳……妳知道嘛……共同歡度時光。」

「對啊！」

我哈哈大笑，小心翼翼把手電筒從屁股口袋拿出來、對著她的臉。「哦，原來妳這麼認真。」

「不行，」我再次端詳她的臉，「真的不行！首先，我們得忙一整個月，完全沒時間。其次——也就是真正的重點——我住在木材零售場的拖車裡！不管我說什麼或做什麼，我爸都待在裡面。」

「還是可以試試看。」

我稍微傾斜了一下樹身，不要讓針葉擋住我的臉。「而且，如果妳知道聖誕節過後就得甩掉戴文，妳會有什麼感覺？心情一定很糟糕。」

海瑟從屁股口袋裡拿出小鏟，一邊走路，一邊拿它輕敲著大腿，「既然妳都提了，好吧，這也是我正在醞釀的其中一個計畫。」

「什麼？」

她聳肩，「好吧，妳對與男女關係總是充滿了高標準，所以我知道這聽起來——」

「為什麼大家都覺得我有高標準？那句話到底是什麼意思？」

「不要這麼敏感，」海瑟哈哈大笑，「妳的高標準，正是我這麼喜歡妳的原因之一。妳有那種……我不知道怎麼說……嚴格的道德標準，很好啊。但對某個打算在假期過後甩掉男友的人來說，就會覺得自己有點糟糕。哎，就是兩相比較的結果嘛。」

我反問她，「有誰會花一整個月的時間提前準備分手？」

「哦，在感恩節之前一刀兩斷太殘忍了，」她繼續說道，「他與家人吃感恩節大餐的時候，該怎麼說啊？我覺得好感恩，因為我的心都碎了？」

我們沉默不語，走了一會兒之後，我想到了另外一個問題。「我覺得的確不會有什麼分手的好時機，但妳說這是最殘忍的時節，一點都沒錯。好，妳計畫多久了？」

「就在萬聖節之前，」她皺了一下眉頭，「但我們那時候的扮裝好好玩！」

我們繞過山丘，月光越來越黯淡，所以我們只好拿出手電筒、將光束貼近自己的腳邊。

「倒不是說他這個人很爛什麼的，」海瑟說道，「不然我也懶得和他一起過節。他這個人很聰明——雖然沒表現出來——而且脾氣好又長得帥。問題只是他實在太……無聊了。或者，可能應該說他蠢吧？我真的不知道！」

我從來就不會去評價別人的分手原因，每個人的想望或需求都不一樣。我第一個分手的男友聰明又風趣，但也有點黏人，我原本以為自己喜歡被黏，但很快就發現這樣實在太累了，我覺得，被對方渴慕的感覺好多了。

「他到底有多無聊？」

「我這麼說好了，」她繼續解釋，「要是讓我在妳面前解釋他到底有多無聊，那麼從我嘴巴裡說出來的話反而會更精采。」

「真的嗎？」我回她，「我真是迫不及待想認識他了。」

「所以囉，妳在這裡當然得找個男朋友，」她繼續慫恿我，「我們就可以玩四人約會，所以我和他出去的時候就不會那麼無聊了。」

要在這裡與某人約會，而且這段關係有確切的到期日，不禁讓我覺得好彆扭。如果我真的有這種需要，大可以在去年答應安德魯就是了。只要是哪個帥哥跟我講話，他就會吃醋，某些女孩要是遇到這種情景，可能會很得意吧，但我卻覺得很煩人。

「四人約會就免了吧。」

又轉了一個彎之後，我們已經越來越接近紅雀峰的頂端，海瑟與我步出越來越狹小的泥路，鑽進與膝蓋同高的灌木叢裡面。她拿著手電筒來回掃視，有隻小動物蹦蹦跳跳逃走了，從聲音聽起來應該是野兔。

我們又走了十幾步，灌木叢幾乎已經一片光禿。天色太暗，無法一眼看盡那五棵聖誕樹，但當海瑟的手電筒照到第一棵的時候，我的心頓時充滿了暖意，她緩緩移動手電筒的光束、讓我能看到全部的樹木。我們當初種下樹苗的時候，刻意讓它們相隔好幾英尺，彼此的枝葉才不會相互遮蔽、擋到陽光。最高的那一棵已經比我還高了幾英寸，而最幼小的那一棵還不到我的腰。

「嘿，大家好啊。」我走到它們中間，一隻手依然捧著那棵新苗，而另外一隻手則忙著撫摸其他樹木的針葉。

「我上個週末有過來，」海瑟說道，「拔了一些野草，稍微鬆土，所以今晚的工作會輕鬆一點。」

我把那個麻布袋放在地上，然後，望向海瑟。「妳快要變成了『林場女孩妙齡小姐』了。」

「才不呢，」海瑟回道，「不過，去年我們在天黑之後拔雜草，差點清理不完，所以——」

「不管怎樣，我就是要當妳樂在其中，」我說道，「無論到底是什麼原因，妳都是超棒的朋友，不然妳也不會做這樣的事。所以，我要好好說聲謝謝妳。」

海瑟點頭回禮，把小鏟交給了我。

我四下張望，終於找到了完美地點。我總是覺得，一棵新樹苗，應該要給它最好的景觀位置、讓它能看到底下發生了什麼事。我跪在地上，多虧了海瑟，泥土已經變得鬆軟，我挖了一個大洞，足以容納所有的樹根。

海瑟與我的這趟固定山旅，已經邁入第六年了。在過去兩年當中，我們都是抱著樹木、健行上山，而先前我們都是靠海瑟的紅色小車直接上山。現在，這裡儼然成為我自己的小小林場，這也是在我們全家北遷之後、能夠讓部分的自己依然歸屬於此的一個方法吧。明年，我們都將成為高三生，我們打算開我爸爸的卡車過來，砍下最高大的那一棵，也就是當年種下的第一棵聖誕樹。然後，我們將會把它載回她家，等到吃完感恩節晚餐之後，兩家人同心協力完成佈置。

好，我們還有那樣的機會嗎？

我希望這個冬季能夠過得完美無憾，千萬不要因為擔心萬一怎麼樣的話而不知如何是好。不過，大家都一直在我身旁，參與了我的一切，完全不去多想今年可能是最後一次的團聚機會、而能夠真心享受每一刻？我真的不知道要怎麼樣才能辦得到。

我拆開根部外頭的麻袋細繩，將袋布剝開，大多數的樹根都安然無恙，依然被土壤覆蓋得好好的，與先前在家裡時的狀況一樣。

海瑟開口，「我會懷念這樣的山行種樹之旅。」

我把樹放在土洞裡，以手指伸展了一部分的樹根。

海瑟跪在我旁邊，幫我把泥土蓋回洞內，「至少，我們還有一年。」

我沒辦法看著她，只能把樹底附近的一撮土又撥弄進去。我伸出雙手、拍了拍泥土，整個人坐在地上，膝頭靠在胸口，低望這片漆黑的丘陵，以及山下的城市微光，海瑟從小到大都住在那裡。雖然我每年只在這裡短待一陣子，但我也覺得自己在這裡長大。一想到這個，我忍不住深吸了一口氣。

海瑟問道，「怎麼了？」

我抬頭望著她，「可能沒有明年了。」

她緊蹙眉頭望著我，但沉默不語。

「他們沒告訴我，」我告訴她，「但我無意間聽到我爸媽開始討論這件事，已經好一陣子了，似乎已經找不出明年繼續過來的理由。」

現在，海瑟也開始遠眺這座城市。

在這樣的高度，再加上聖誕時節已經到來，所有的裝飾燈光都已經點亮，要找到我們的零售場一點也不難。從明天開始，將會有條長方形的白燈長帶圍繞著我們的那些樹。不過，今晚我所住的那個地方，只是個靠近長街、僅有來往車行燈光偶爾照亮的黑暗之地。

「當然，今年就會有答案了，」我繼續說道，「我知道我爸媽和我一樣，拚命想要留下來。不過，瑞秋與伊莉莎白一想到我能在奧勒岡過聖誕節，就開心得不得了。」

海瑟坐在我身旁的泥地，「西耶拉，妳是我最好的朋友之一，我知道瑞秋與伊莉莎白也把妳當成閨蜜，所以我不怪她們——但在一年之中的其他時間，妳都和她們在一起，萬一我在聖誕節的時候看不到妳和妳的家人，我真的無法想像那是什麼光景。」

我也不願就此斷絕了與海瑟共處整個冬季的機會。而打從一開始，我們也知道這是遲早會發生的事，當初我們在討論高三計畫的時候，心情就充滿了焦慮。

「我也沒辦法想像，」我繼續說道，「我想說的是，我也很好奇在奧勒岡過聖誕節會是什麼感覺；不需要靠網路搞定學業，能夠在家鄉完成十二月的例行大事。」

海瑟抬頭，一直凝望星辰。

「但我一定會想妳的，」我繼續說道，「想念得不得了。」

我看到她露出微笑，「我搞不好可以過去奧勒岡，待個幾天，換我利用聖誕節假期去看妳。」

我把頭靠在她肩上，眺望遠方，我的目光不是星空或是下方的市景，純粹就是別開目光。

海瑟的頭也挨過來，對我開口說道，「我們現在就別煩惱這個了。」之後，我們都沒說話，沉默了好幾分鐘之久。

終於，我的注意力又回到了那棵最小的樹苗。我壓實樹根附近的泥土，又捧起一把泥土、朝細瘦的樹幹灑落下去，我說，「無論如何，我們就讓今年變得特別不一樣吧。」

海瑟起身，遠望這座城市，我握住她的手，她也順勢拉了我一把，我站在她身邊，不肯放手。

「我們要是能為這些聖誕樹裝上燈飾的話，下面的每一個人都能看到它們，」海瑟開口，「感覺一定超讚。」

這主意真棒，能夠將我們的友誼分享給每一個人，我可以在每天晚上拉開床頭窗簾，仰望著它們，歡喜入睡。

「不過，剛才我們爬上來的時候，我仔細看了一下，」她繼續說道，「這整座山完全找不到插頭。」

我哈哈大笑，「這座城市的自然環境也未免太落後了。」

5

我還在閉眼昏眠，已經聽到爸媽離開拖車的關門聲響。我翻身，深呼吸，再給我幾秒鐘就好。只要我一下床，接下來的這一整個月就會像骨牌一樣、不斷往前撲推。

開賣的第一天，媽媽總是一大早就起床、準備上工。我比較像爸爸，我聽到了他的厚靴在外頭泥地踩踏的聲響，拖著腳步，走向「大腳趾」。等到他進去之後，他就會煮一大壺咖啡與熱水，然後將為客人準備的茶包與粉狀巧克力包逐一排好。不過，第一泡的熱咖啡當然是倒進他的保溫杯。

我把管狀靠枕從頭頸下方抽出來、將它緊緊抱在胸前。海瑟媽媽參加聖誕節最醜毛衣大賽已經連續六年，贏得了兩次冠軍，她剪下毛衣袖子，縫合切口，把棉花塞進去，最後再縫合袖口，將它們變身成為靠枕。她把其中一個留在自己家裡，另外一個則送給我。

我把昨晚拿到的靠枕舉高細看，苔綠色的底，原是手肘的部位有個長方形的深藍色塊，裡面有隻紫色鼻子的飛翔麋鹿，四周充滿了飄落的雪花。

我緊緊依偎著靠枕，再次閉上雙眼，聽到外頭有人正逐步接近拖車。

安德魯問道，「西耶拉是不是已經出來了？」

爸爸回道，「還沒。」

「哦，好吧，」安德魯繼續說道，「我只是覺得，要是我們能夠同心協力的話，就能早一點完成工作。」

我把靠枕捏得更緊了，我不需要看到安德魯在外頭等我。要是他願意放輕鬆，態度自然落落大方，但他現在的行為就像是失魂落魄的小狗，拚命聞我的後腳跟。

「我想她還在睡覺，」爸爸回道，「但如果你想要自己先做些什麼的話，記得要仔細檢查戶外廁所的洗手乳。」

不愧是我爸爸！

❖ ❖ ❖

我站在「大腳趾」外頭的時候，睡意還沒有完全消退，但已經準備要迎接我們今年的第一組客人。某個爸爸帶著女兒一起出現，看來她可能是七歲吧，他們才一下車，已經開始對著聖誕樹東張西望，他還伸手摸她的頭，充滿慈愛。

那個爸爸開口，「我一直好喜歡這味道。」

小女孩向前一步，雙眼可愛天真。「就像是聖誕節的味道！」

就像是聖誕節的味道。好多人第一次來到這裡的時候，都會說出這句話，彷彿專程開車來到這裡，就是為了要好好讚嘆一下。我們專門為了這一刻而栽種數年的樹木，其針葉、樹脂，與樹液所散發的氣息，正是大家所深愛不已的味道。

爸爸忙著把熱飲裝入保溫壺，順口問我，「放現金的抽屜準備好沒有？」

我走到垂掛閃亮紅色聖誕飾條與新鮮冬青的結帳櫃台後方，「現在就等著看第一筆成交的是誰了。」

爸爸把我最愛的馬克杯交到我手上，杯面繪有蠟筆筆觸的曲線與直線，宛若復活節彩蛋一樣（我覺得這裡應該要放點與聖誕節無關的東西）。我倒了一點咖啡，然後又撕開粉狀巧克力包、放入杯中，然後，拆開薄荷糖晶棒，將杯中的所有東西攪拌在一起。

爸爸的背貼靠著櫃台，逐一檢視「大腳趾」裡面的商品。他拿著自己的保溫瓶、朝今天早上他剛噴灑完工的雪白聖誕樹指了一下，「妳覺得這樣夠嗎？」

糖精攪拌棒變得越來越細，我舔了一下上頭的巧克力粉，又把糖棒丟進馬克杯裡面。「這樣已經很夠了。」我喝了第一口，這味道可能像是廉價的薄荷摩卡吧，但其實還算差強人意。

終於，第一組到來的客人，也就是那對父女檔，進入了「大腳趾」，站在收銀台前面。

我在櫃台前彎身，面向那個小女孩。「有沒有找到妳喜歡的樹？」

她拚命點頭，咧嘴微笑，上排的牙少了一顆，煞是可愛。「好大的一棵樹！」

這是我們今年成交的第一筆生意，我難以掩飾興奮之情，而且，我也衷心盼望今年我們能夠有漂亮的銷售成績、證明我們至少明年還得再來一趟。

那個爸爸將聖誕樹標籤從櫃台另一頭遞了過來。我看到安德魯出現在他的後方，他正忙著推送他們的樹，以樹幹在前的方式、穿過雙開型大型塑膠桶的某個開口。而爸爸則在另外一頭抓住樹幹，將聖誕樹的其餘部分拉入網中、讓它包裹住樹枝。等到所有的枝葉都穿過去之後，它們已經受到了完整的保護、朝上交疊。爸爸與安德魯合力將保護網纏住整棵樹，剪開網罩末端，在樹頂打了一個結。這個過程與海瑟媽媽將毛衣袖子做成靠枕的過程頗為近似，只不過處理聖誕樹的手法漂亮多了。

我為我們賣出的第一棵樹結完了帳，開心向這對父女祝賀，「聖誕快樂！」

❖ ❖ ❖

到了午餐時間，我的雙腿已經又累又痛，因為我除了幫忙搬樹之外，還在櫃台後面站了好幾個小時。再過幾天之後，我就會比較習慣了，不過，今天一看到海瑟帶著感恩節的剩菜來看我，我的心中頓時充滿了感激。媽媽把我們趕進拖車裡面，而當我們坐定之後，海瑟立刻就伸手拉開窗簾。

她挑眉看著我，「只是要讓景觀更美一點。」

接下來，彷彿一切都事先安排好的一樣，兩個棒球隊男生肩扛一棵巨大聖誕樹，走過窗前。

「妳真是沒有羞恥心，」我打開火雞肉佐小紅莓醬三明治，「妳要記得哦，妳和戴文的情侶關係，要等聖誕節過完之後才會結束。」

她把腳移到長椅上，其實那也就是我的床，然後，盤腿而坐，打開了她自己的三明治。「他昨天晚上打電話給我，有二十分鐘都在講去郵局的事。」

「所以他不是一個聊天高手。」我說完之後，咬了第一口三明治，當我的舌尖一接觸到那感恩節的氣味，忍不住讓我哼唱了起來。

「妳不懂，上個禮拜他也對我講了同樣的一套故事，完全沒有重點，根本一模一樣。」我哈哈大笑，她雙手一攤，「我是認真的！我才不想知道排他前面的那個古怪老太太想要寄送一箱牡蠣到阿拉斯加。妳呢？」

「妳是問我會不會把牡蠣寄到阿拉斯加嗎？」我傾身向前，拉了一下她的髮尾，「妳好壞心。」

「我只是很誠實罷了。但妳既然提到了壞心，」她繼續說道，「妳甩了太愛妳的那個傢伙，妳還敢說我嫌別人無聊。」

「都是因為他好黏人！」我回道，「他說過，聖誕節的時候想搭火車到這裡來看我。而那時不過才是夏初，我們也才剛開始約會，只有幾個禮拜而已。」

「這也算是貼心好嘛，」海瑟說道，「他已經知道要是妳一個月不在他身邊，他一定會受不了。換作是我的話，我一定是樂得清靜，可以有一個月的時間不必聽戴文講廢話。」

海瑟一開始與戴文約會的時候，對他哈得要死，而這只不過是兩三個月前的事而已。

「反正，」她繼續說道，「這就是為什麼妳待在這裡的時候、我們必須有四人約會的原因。這很隨性的，不需要太認真談戀愛。」

「能知道這一點真是太棒了，」我回道，「謝謝妳哦。」

她繼續說道，「但至少我還有別人可以聊聊天嘛。」

「我不介意當你們的電燈泡，」我回她，「要是他再提起牡蠣的事，我也會打斷他。不過，今年我壓力已經夠沉重了，不想再沒事找個人進來攪局。」

就在窗外，與我們相隔好幾棵聖誕樹之遠的地方，安德魯與棒球隊的另外一個男生正站在那裡，盯著我們。他們在高聲談笑，但就連發現我們在注意他們的時候，他們也沒有打算就此停止或別開目光。

「他們是在看我們吃東西嗎？」我問道，「太可憐了吧。」

安德魯回頭張望，可能是為了要查看我爸爸在幹什麼，然後，他又對我們揮揮手，我猶疑了一會兒，不確定自己是否也該揮揮手，而就在這個時候，傳出了爸爸的吼叫聲，喝令他們趕快回去工作，我也趕緊趁此機會拉上窗簾。

海瑟挑眉，「哦，他似乎還是對妳有意思。」

我搖搖頭，「妳聽我說，到底是誰不重要，但只要我爸爸一整天盯著我們，就只會讓我惹來一身麻煩而已。有哪個男人值得我這樣的付出呢？這扇窗戶外頭沒有這樣的人選嘛。」

海瑟的手指不斷敲打桌面，「所以那個人不能在這裡工作……妳爸爸沒辦法逼他去打掃戶外廁所。」

「妳是不是忘記我說過的話了？我待在這裡的時候，不想和任何人約會。」

「我沒忘哦，」海瑟回我，「我只是不想理妳而已。」

我就知道。「好吧，為了讓我們能繼續討論下去，就先假設我對某人感興趣好了——當然，這並非事實。妳覺得如果對方知道我過了一個月之後就會離開他的生活圈，還會有什麼樣的人想要和我在一起？」

「妳不需要主動提這件事，」海瑟說道，「明眼人都看得出來，這就是協議的其中一部分，而且，某些情侶在一起的時間根本沒超過一個月。所以就不要擔心了，把它當成假期戀愛就好。」

「假期戀愛？妳真的說得出口？」我對她翻白眼，「每年這個時候，妳最好還是遠離賀軒頻道的節目比較好。」

「妳考慮一下嘛！這樣的關係不會有任何壓力，因為整個過程會有明確的結束日期，而等到妳回去的時候，就可以把這段精采故事講給妳朋友聽了。」

我知道自己這次講不過海瑟，她比瑞秋還硬，也就是說，她非常難纏。唯一能夠脫身的方法就是使出拖延戰術，等到時機錯過之後，她也無計可施。

我回道，「我會考慮看看。」

我聽到外頭傳來兩名女子的熟悉笑聲，所以我拉開了窗簾一角，往外瞄了一下。兩名來自市區事務協會的中年女子，懷裡抱著一大疊海報，朝「大腳趾」的方向走去。

我把沒吃完的三明治包好，拿在手上，然後又抱了一下海瑟。「我一定會密切留意，尋找我的假期羅密歐，但我現在得回去工作了。」

海瑟也重新包好自己的三明治，把它塞回原來的袋子裡面，跟在我後頭，離開了拖車，朝自己的停車處走去，還回頭對我大吼，「我也會幫妳留意。」

我走進去的時候，那兩名來自市區事務協會的女士正站在櫃台前與媽媽講話。

年長的那一位，一頭灰髮綁成了長辮，她高高拿起一張海報，主題是掛著聖誕節燈飾的垃圾車。「要是你們能夠在今年繼續掛些海報，這座城市裡的每一個人都會感恩在心。今年的聖誕節遊行超級盛大，遠遠勝過歷年來的規模！我們衷心期盼，千萬不要有任何人錯過了這次的盛會。」

媽媽回道，「我們一定會幫忙，」那名辮子女士把四張海報放在櫃台，「西耶拉下午就會掛出海報。」

我鑽到櫃台下面、拿出釘槍，帶著海報走出了「大腳趾」。我看著海報，只能拚命憋笑，歡樂節慶垃圾車真能吸引更多的群眾嗎？我有點懷疑，不過，它的確營造出了小鎮氛圍。

在我小時候，海瑟一家人曾帶我去看過遊行好幾次，我必須承認，真的令人感動又十分有趣。我看過的節慶遊行，大部分都是電視上的轉播，紐約啦，或是洛杉磯。在那樣的遊行當中，鮮少看到「哈巴狗飼主聯誼會」、「圖書館之友」的遊行團體，也不會看到大聲播放鄉村樂聖誕節歌曲的拖車招搖遊街。不過，我倒是可以想像得出這種團體在奧勒岡家鄉遊行的畫面。

我把最後一張海報按在零售場入口處的木頭電線桿上面，拿起釘槍，在左上角與右上角各敲了一次。然後，我順了一下海報、壓住底部，聽到背後傳來了安德魯的聲音。

「需要幫忙嗎？」

我的雙肩突然繃得好緊，「我已經弄好了。」

我又在左下角與右下角各敲了一槍，退後一步，假裝在檢查自己的成果，終於等到安德魯離開了。我轉身過去，他正在與某個帥哥聊天，那人年紀與我們相當，但卻比安德魯高了兩三英寸。他手裡抱著一棵樹，另外一手忙著撥開貼住眼睛的黑色髮絲。

「謝謝，不過我想我可以自己來。」安德魯聽到對方的回應之後就離開了。

那個人看著我，滿臉微笑，左頰露出可愛的酒窩。我驚覺自己的臉瞬間變得火燙，只好低頭看著泥地。我的腹部緊張抽痛，所以趕緊深呼吸提醒自己，笑容可愛，並不保證那個人的性格也同樣可親。

「妳在這裡工作嗎？」他的聲音好溫柔，讓我想起外公外婆在聖誕節期間所吟唱的老情歌。

我抬起頭來，努力裝出專業姿態。「您需要的東西都找齊了嗎？」

他依然掛著笑容，酒窩也還在。我把頭髮攏到耳後，真想把臉別到一旁，現在我也只能拚命壓抑立刻趨前一步的那股衝動。

「是的，」他回道，「謝謝。」

他望著我的那種姿態——簡直就像是在端詳我——讓我手足無措。我清了清喉嚨，目光別到一旁，而當我回頭的時候，他已經走遠了，那棵樹被他扛在肩上，宛若不費任何吹灰之力。

「妳知道酒窩其實是一種缺陷嗎？」他繼續說道，「這表示他臉內有某條肌肉過短，妳要是想到這一點，一定會覺得很噁吧。」

我擺出三七步，怒瞪了安德魯一眼，我的意思很明顯，你在這裡有完沒完啊？我的模樣可能太過兇狠了一點，但萬一他以為這種吃醋的方式能夠贏得我的心，顯然我得趕緊找個鐵砧丟他的頭。

我把釘槍帶回櫃台，靜靜等待。也許那個酒窩男會回來買點金絲或是我們家的特製長嘴澆水壺，搞不好他需要燈飾或槲寄生。不過，我突然全身發麻。我已經告訴海瑟我不能在此與任何人發生牽扯的各種原因——全都是正大光明的理由——而且，在剛才的那十分鐘當中，那些理由也依然沒有任何改變。我在這裡只能待一個月，就是一個月！我沒有時間，也沒有那個心情，與某人糾纏不清。

不過，這個難題還沒有定案。要是能夠在期限結束之前、來點小小的約會，也許我也不會那麼介意。我朋友總是說我愛挑剔，我不會——也沒辦法忍受——只能與另外一個人在一起只有幾個禮拜的缺憾，搞不好我也沒那麼龜毛。如果那個人剛好就是那個有可愛酒窩的帥哥，那麼，當然要為他感到開心！我也會雀躍不已。

那天下午，我傳簡訊給海瑟：如果要談一場假期戀愛，到底要做好哪些準備？

6

我醒來的時候，太陽才正準備要露臉，但已經有兩封簡訊在等著我了。

第一封是瑞秋的訊息，她在抱怨籌劃冬季舞會的龐大工作量，因為正常人如果不是在準備期末考就是在忙著假期血拼。我要是還待在那裡的話，她只要三言兩語，就能勸我一起下海幫忙，但我人在九百英里之外，也沒辦法做些什麼。

幸好，兼顧零售場的工作與學校課業倒不是什麼難事，我的老師們不斷寄課堂筆記與錄影帶給我，工作沒那麼忙、能夠讓我上網的空檔，就是我的寫作業時間。每個禮拜與卡波老師通一次電話，實在稱不上有趣，但至少不會讓我疏於練習法文會話。

我坐在床上，盯著海瑟傳來的第二封簡訊：拜託妳認真考慮一下假期男友吧。戴文昨晚都在講他的夢幻美式足球隊，救人哪！我也該採取行動了，讓他需要一個夢幻女友。

我站起來，立刻回傳訊息：昨天有個超可愛的男生來買樹。

我正準備要去洗澡，她丟了訊息過來：快告訴我細節！

我正準備要抽開睡褲的拉繩，又出現了她的訊息：不用啦，我等一下帶午餐給妳的時候再說就行了。

我洗完澡之後，穿上灰色毛衣與牛仔褲，綁了個高馬尾，又刻意拉出幾絡髮絲、垂落臉龐，化了一點淡妝，走出拖車，迎接冷冽的早晨。媽媽已經站在「大腳趾」的櫃台後方，忙著把零錢倒入收銀機裡面。她看到我，伸手指了一下放在櫃台上、依然熱氣蒸騰的復活節馬克杯，已經有根糖晶棒擱在裡面的杯緣。

我開口問道，「妳很早就起床啦？」

她對著自己的熱飲輕輕吹氣，「妳的手機簡訊鈴聲一直進來，不是每個人在這種狀況下都還能安然入眠。」

「哦，抱歉。」

爸爸走過來，親吻了我們的臉頰。「早安。」

「我正在和西耶拉講她的手機簡訊，」媽媽說道，「我想她是不需要美容覺啦，但是——」

爸爸的吻落在她的雙唇，「親愛的，妳也不需要啊。」

媽媽哈哈大笑，「我有提到我自己嗎？」

爸爸搔抓下巴的灰色鬍鬚，「我們說好的，她與家鄉的朋友保持聯絡是很重要的事啊。」

其實裡面有封簡訊是海瑟傳來的，但我不打算告訴他們這件事。

「是沒錯，」媽媽瞪了我一眼，「不過，也許妳可以提醒那些家鄉好友，偶爾也該睡飽一下嘛。」

我猜瑞秋與伊莉莎白此刻正忙著講電話，討論這個感恩節長週末的剩餘時間該做些什麼才好。

「既然妳提到了家鄉的事，」我趁機問道，「明年會不會回來這裡？我覺得你們也該告訴我答案了吧？」

媽媽眨了眨眼睛，整個人往後一縮，盯著爸爸。

爸爸拿起他的保溫杯，喝了一大口熱飲，「妳偷聽我們講話？」

我伸出手指，纏捲某綹鬆亂的髮絲，「我是剛好聽到，不是偷聽，」我澄清完之後，立刻追問，「所以我的擔憂程度應該是哪一個等級？」

爸爸又喝了一小口熱飲之後，才開口回答我，「林場的事，完全不需要擔心，」他繼續解釋，「就算大家開始去超市買聖誕樹，但這個需求永遠不變，我們可能只是選擇不再自己賣樹而已。」

媽媽輕輕抓住我的手臂，她的臉龐出現了不安神情，「我們會竭盡所能、讓這間零售場能夠撐下去。」

「我擔心的不只是這個問題而已，」我回道，「基於個人理由，我當然希望它能夠一直營業下去，但這地方是祖父一手打造出來的，也是你們兩人相識的地方，是你的生命支柱啊。」

爸爸緩緩點頭，終於，無奈聳肩。「確實，林場是我們的生命支柱。我們在家鄉時早出夜歸打拚，能在這裡看到大家找到理想聖誕樹時的興奮之情，我一直認為是我們辛勤工作的犒賞。就這麼放手，實在很難。」

他們從來就不把它只當成單純的買賣而已，這一點讓我非常欽佩。

「在某個地方，我們的聖誕樹依然會帶給大家歡樂，」爸爸繼續說道，「不過……」

不過，以後就換別人目睹這樣的場景了。

媽媽放開了我的手臂，我們兩人都望著他，對他來說，這一定是最艱難的時刻。

「就連過去這幾年，這個零售場也差點撐不下去，」他繼續說道，「去年，因為我給工讀生紅利，我們其實是虧了錢，後來是靠批發的收入彌補過來，我覺得，那正是變化的關鍵時刻。我們這趟出來，妳的布魯斯叔叔也正在密切觀察。」他又喝了一口熱飲，「我不知道我們還能撐多久，然後，最終只能承認……」

他的聲音越來越微弱，沒辦法說出最後幾個字——或者，他根本不願說出口。

「所以，今年有可能就是，」我回道，「我們在加州的最後一個聖誕節。」

媽媽的臉宛若柔情之鏡，「西耶拉，我們還沒有做出決定。不過，要是能讓今年的聖誕節留下美好印記，應該也是美事一樁。」

❖ ❖ ❖

海瑟進入拖車的時候，手裡還拿了兩個裝剩菜的袋子。她的目光銳利如電，我知道她想要挖出昨天那帥哥的所有細節。戴文跟在她屁股後面，眼睛一直盯著自己的手機，雖然他頭低低的，但我看得出他有張俊朗的臉龐。

「西耶拉，這是戴文。戴文，這是……戴文，給我抬頭！」

他抬頭對我微笑，一頭褐色短髮，襯托圓潤雙頰，而一看到他那令人暖心的眼眸，不禁讓我立刻就喜歡上這個人。

我先開口打招呼，「很高興認識你。」

「我也是。」他好整以暇，目光在我身上駐留的時間，足以證明他是個真誠之人，然後，他那張臉又繼續埋在手機裡面。

海瑟將其中一個食物袋給了戴文，「親愛的，把這包東西拿去給外頭那些男生吃。然後你留在那裡幫他們搬樹或是幹其他的活。」

戴文依然死盯著手機，接下食物袋，離開了拖車。海瑟於與我隔桌對坐，我也把電腦移到我身旁的枕頭上面。

「我猜戴文去妳家接妳的時候，妳爸媽一定不在家，」海瑟一臉困惑，所以我指了指她的頭髮，「後面有點亂呢。」

她的雙頰瞬間緋紅，趕緊伸手梳理糾亂的髮絲。「哦，對啦……」

「所以妳和『單音節先生』之間又升溫了？」

「這個綽號取得好，」她回道，「如果必須在聽他講話或接吻之間做出選擇，親吻更能好好發揮他嘴巴的用途。」

我聽了不禁哈哈大笑。

「我知道，我知道，我這個人很賤，」她說道，「所以趕快告訴我昨天那帥哥是怎麼回事吧。」

「我不知道他是誰，所以也沒什麼好說的。」

「他長什麼樣子？」海瑟拿出佐有核桃與芹菜丁的火雞肉沙拉密封盒，掀開了蓋子，她還在努力清光他們家的感恩節剩菜。

「我只看到他一下下而已，」我回道，「但他似乎與我們年紀差不多，他有個酒窩——」

海瑟湊過來，瞇著雙眼。「黑色頭髮對嗎？迷死人的微笑？」

她怎麼會知道？

海瑟拿出手機，點了好幾下，然後把某張網路上的照片給我看，果然就是我講的那個男生。

「是不是他？」她的臉色似乎不是很開心。

「妳怎麼知道？」

「妳一開始就提到他的酒窩，這就是洩底的關鍵，」她搖搖頭，「而且，我也是運氣不錯剛好猜到。不過，西耶拉，很抱歉，千萬不行，不能找卡列博。」

所以他叫卡列博，「為什麼這麼說？」

「外頭有謠言，」她說道，「但我不確定真假。反正，曾經出過事啦。」

她搖頭，「我不想捲入這種事情。我討厭講人八卦，但我不想與他玩四人約會。」

「到底是怎樣？」我從來沒有看過她提到哪個人的時候、態度變得如此隱晦。

「妳害我好緊張。」

她搖搖頭，「我不想捲入這種事，我討厭搬弄是非，但我不想找他一起四人約會。」

「快告訴我。」

「完全是未經證實的消息好嗎？都只是我聽來的而已，」她盯著我的雙眼，但除非我聽到她說出來，不然我絕對不會開口，「大家說，他曾經拿刀攻擊過他妹妹。」

「什麼？」我的腹部不禁抽搐了一下，「那傢伙是……她還活著嗎？」

海瑟哈哈大笑，但我不知道她是因為看到我的震驚表情還是因為她在編故事逗我。我的心臟依然在怦怦跳，但最後也跟著勉強笑了一下。

「沒有啦，他沒有殺她，」海瑟說道，「就我所知，她還活得好好的。」所以這不是笑話。

「但她已經不住在這裡了，」海瑟說道，「我不知道是不是與攻擊事件有關，但這是大多數人的想法。」

我躺在床上，伸手蓋住額頭。「這實在太驚悚了。」

海瑟的手從桌下伸過來，拍了拍我的大腿。「我們就持續觀察吧。」

我想告訴她，不需要費事了，我對於假期戀愛已經提不起勁了，尤其，我的雷達嚴重失靈，千挑萬選，居然找了一個曾經持刀攻擊妹妹的男生。

我們吃完火雞肉沙拉之後，一起走到外頭與戴文會合，所以我可以直接回去工作。他坐在「大腳趾」後面的野餐桌前，身旁還有好幾個男生，全都在吃海瑟家的剩菜。此外，還有一個我從來沒見過的漂亮美眉，依偎在安德魯的旁邊。

「我覺得我們之前好像沒見過，」我自我介紹，「我是西耶拉。」

「哦，妳爸媽是這裡的老闆！」她伸出美甲玉手，我也握手致意，「我是艾莉莎，趁午休時間來看安德魯。」

我瞄了一下安德魯，現在的他滿臉漲紅。

他立刻聳肩，「我們不……妳知道……」

那女孩臉色垮了下來，伸手摀住胸口，望著安德魯。「你們兩個是不是……？」

我立刻脫口而出，「不是！」

我不知道安德魯到底想要幹嘛。如果他真的與她在一起的話，他是希望我認為他們兩人只是玩玩而已？你以為我在乎啊！反正，我希望他們是認真的，也許有了艾莉莎之後，他就能夠早點忘卻對我的那些亂七八糟的情愫。

我面向海瑟，「等一下見囉？」

「戴文與我會等到打烊之後過來接妳，」她開口說道，「也許我們可以一起出去，認識一些朋友或是——某個人就夠了。妳只想要一個吧，對不對？」

她挑眉看著我，「一個月呢，西耶拉，光是在一個月當中，就可以發生許多事了。」

海瑟不只是緊迫盯人而已，她根本懶得修飾用詞。

「今晚不行，」我說道，「也許過幾天吧。」

不過，在接下來的日子當中，我卻時時刻刻都在想念著卡列博。

7

海瑟在放學回家的途中幾乎都會順便過來看我。有時候她會在櫃台幫忙，尤其是帶著小朋友的爸媽現身賣場的時候，我負責與那位媽媽或爸爸結帳，她則在一旁逗弄小孩。

海瑟在飲料吧檯那一頭開口，「昨天晚上，戴文問我聖誕節想要什麼禮物？」她動作小心翼翼，將迷你棉花糖一顆顆放入自己的熱巧克力裡面。

「妳怎麼說？」

「等等，我在計算棉花糖的數目。」等到她把第十八顆棉花糖放進去之後，終於喝了第一口，「我告訴他我不知道，我明明準備要和他分手，不能害他破費買貴重禮物。」

「妳可以請他為妳親手做禮物，」我回道，「不需要花太多錢的小東西。」

「手工親製的貼心禮物？那就更糟糕了！」她走到某棵滿佈白絮的聖誕樹前面，伸手撫摸人造假雪，「如果某人才剛剛為妳刻了一個木雕品，這樣是要怎麼跟對方分手啊？」

「妳把事情搞得太複雜了，」我從櫃台下方取出裝滿袋封槲寄生的紙箱，把它放在高腳椅上面，「也許妳應該現在就開口才是，反正他遲早都會傷心啊。」

「不，我一定要等到過完節之後再分手，」她又喝了一小口熱飲，走到櫃台的另外一側，

「不過，也該是認真為妳找對象的時候了，這裡馬上就要舉行聖誕節遊行，我們得準備一下四人約會。」

我把手伸到櫃台的另外一邊，又添加了一些槲寄生的裝飾品。「我覺得假期戀愛這檔子事根本行不通。我承認啦，我一看到卡列博的時候，的確認真考慮了一下，但第一眼就看出人心顯然不是我的強項。」

海瑟直盯著我的雙眼，下巴朝停車場那裡點了一下。「妳自己講過的話要記得哦，好嗎？因為他來了。」

我知道自己的眼睛瞪得好大。

她退後一步，示意我趕快站到她身邊，我繞過櫃台，她伸手指向某台老舊的紫色貨卡，駕駛座裡面沒有人。

如果那是他的卡車，他來這裡要幹什麼？他已經買了一棵樹啊？尾燈下方的保險桿貼紙是某所我從未聽過的學校名稱。

「山艾初中在哪裡？」

海瑟聳肩，原本塞在她耳後的一綹捲髮又鬆脫而下。

這座城市一共有六間小學，每年冬天，我都與海瑟去同一間學校，接下來是初中，我也跟著一起去，然後，是高中，我也就是從這時候開始利用網路繳交作業。

海瑟緊盯著那堆聖誕樹裡的人影，「哦！看到他了，天，好帥。」

我低聲回道，「我知道。」我避開她凝望的方向，反而盯著自己陷在泥地的鞋尖。

她碰了一下我的手肘，對我輕聲說道，「他來了。」我還來不及回應，她已經直接奔向「大腳趾」的另外一頭。

我的眼角餘光發現有人從我們的聖誕樹樹堆之間鑽了出來，朝我走來的正是卡列博，他展露出酒窩微笑。「妳是西耶拉？」

我只能點點頭。

「所以妳就是工讀生提到的那個女孩。」

「抱歉？」

他笑了一下，「莫非今天還有別的女孩在這裡工作嗎？」

「只有我而已，」我回道，「我爸媽是這裡的老闆，而且自己負責做生意。」

「難怪大家講到妳的時候都戰戰兢兢。」他看我沒回話，繼續說道，「我前幾天有來過這裡，當時妳還問我，是不是需要幫忙？」

我不知道該說什麼才好。他也不斷挪動腳步、變換重心。我依然保持沉默，他繼續不安晃移，差點讓我笑了出來。至少，緊張兮兮的不是只有我一個人而已。

我看到他後面站了兩名棒球隊隊員，他們正忙著擦拭針葉上的灰塵。

卡列博站到我身旁，盯著他們打掃。我依然僵直不動，真想逃離現場。「如果他們和妳講話的話，妳爸爸是不是真的會命令他們去打掃戶外廁所？」

「就算他只是主觀認定他們曾經和我講話，他們也會遭殃。」

「那你們的戶外廁所一定超級乾淨。」如果他講這句話是為了想搞笑，老實說，我還沒聽過這麼奇怪的梗。

「需要什麼協助嗎？」我問道，「因為你已經買了聖誕樹……」

「所以妳記得我。」他的表情也未免太開心了一點。

「我得負責記帳，」我開始在商言商，腦中搜尋的記憶是他的成交細節，「而且我一向工作認真負責。」

「我明白了，」他緩緩點頭，「所以我買的是什麼樹？」

「貴族杉。」其實我也不知道自己講的對不對。

現在，他似乎真的嚇了一跳。

我繞到櫃台後方，讓收銀機與槲寄生成為我們之間的屏障。「還有沒有需要我們協助的地方？」

他交給我某棵聖誕樹的標籤，「這棵樹比我上次買的大多了，所以現在有兩個人正幫我把樹搬進我的卡車裡面。」

我驚覺自己盯著他雙眼的時間也未免太久了，趕緊將目光移到附近的展示品上面。「需不需要順便帶個花環？全都是新鮮花草哦，或者，需要裝飾品嗎？」我有些盼望他只要買樹就好了，那麼他就可以立刻離開這裡，也能盡速了斷這樣的尷尬氣氛，但我也多少期待他能夠留下來。

他不發一語，長達好幾秒鐘，逼得我只好再次看著他，他開始環顧「大腳趾」裡的一切，也許他還需要其他東西，或者，他只是在找藉口能待久一點。然後，他發現了飲料區，笑容更燦爛了。「我一定要來杯熱巧克力。」

他走到吧檯區，在倒放紙杯塔的上方取了一個紙杯。我發現海瑟正躲在他後方的某棵雪花聖誕樹後面，一邊偷看、一邊啜飲她自己的熱巧克力。她發現我在盯著她，她搖搖頭，張嘴默示提醒我。「這樣不好……」然後，她又慢慢溜進樹枝後頭了。

我看到他拆了糖晶棒的包裝紙、攪拌熱水裡的巧克力粉，心跳不禁突然變快。他放開糖棒之後，依然可以看到它在漩動的熱巧克力中不斷旋轉。

我開口說道，「我也是這樣泡我的熱巧克力。」

「是嗎？」

我告訴他，「那味道就像是廉價的薄荷摩卡。」

他側著頭，以全新的角度凝望自己的飲料。「妳當然可以這麼說，但有點羞辱了這杯熱飲。」

他換手拿飲料，原來執杯的那隻手伸過櫃台、向我握手致意。

「西耶拉，正式認識妳了，真好。」

我看著他的手，然後又望著他的臉，遲疑了一下下。就在那一瞬間，我發現他的雙肩微微頹了一下。就連海瑟也不確定真假的謠言，卻讓我對這個人做出如此主觀的判斷，我知道自己這樣太不應該了，趕緊握住他的手。「你是卡列博，對嗎？」

他的笑意褪逝，「有人在妳面前提到了我。」

我僵住不動。就算他不會成為我的假期戀愛的對象，也不該被某個才剛知道他名字的人妄加批判。我立刻開口，「一定是哪個人在幫你忙的時候，我剛好聽到他在叫你的名字。」

他露出微笑，但酒窩不見了。「好，我該付妳多少錢？」

我幫他結帳，他拿出錢包，裡面塞滿了厚厚一疊鈔票。他交給我兩張二十美金的鈔票，還有一大堆一元美鈔。

「我昨晚拿到的小費還來不及換成大鈔。」他的雙頰微微泛紅，有些不好意思，酒窩又回到了他的臉上。

我拚命咬住舌頭，不然我一定會開口問他在哪裡工作，如此一來，我就可以刻意過去找他、但卻假裝是偶遇，我終於開口，「一元小鈔對我們來說永遠是多多益善。」我把那一疊鈔票數完之後，將找零的五毛銅板交給他。

他把銅板放入口袋，剛才不好意思的神情消失了，自信再度上身，「也許在聖誕節到來之前，我們還有許多次的見面機會。」

「反正你也知道要怎麼找到我。」我不知道自己的回答算不算是某種邀請？或者，其實這就是我真正想要表達的意思。其實我還想再看到他吧？他的過往到底出了什麼狀況，也不關我的事，但當我沒有立刻與他握手、他的雙肩陡然一沉的那個畫面，依然在我腦中揮之不去。

他走出「大腳趾」，將皮夾塞回屁股口袋。我刻意等了一會兒之後，才從櫃台悄悄溜出去、望著他離開。他走到自己的卡車旁邊，將好幾元小費交給了其中一名工讀生。

海瑟走到我旁邊，我們就這麼看著卡列博與我們的某名工讀生一起關上車尾門。

「就我看來，你們兩個都怪怪的，」她繼續說道，「西耶拉，抱歉，我當初不該多嘴才是。」

「別這麼說，的確有事，」我回她，「我不知道謠言有多少為真，但的確看得出那個人身上扛了某些包袱。」

她眉毛挑得老高，盯著我。「妳還是對他有意思，是不是？依然想要跟他談一場戀愛？」

我哈哈大笑，回到櫃台後方的站位。「他很帥，但也就只有這樣而已，想讓我談戀愛，這樣的條件還不夠。」

「嗯，妳的確很聰明，」海瑟回道，「不過呢，我認識妳這麼久以來，還是第一次看到有男生能讓妳這麼扭捏。」

「他也很扭捏啊！」

「他看起來有時候也怪怪的，」她回道，「但妳還是略勝一籌。」

❖ ❖ ❖

我打電話給卡波老師、以法文報告了我這個禮拜的活動之後，媽媽讓我提前收工。每年一到這時候，海瑟就會開始狂看她最近煞到的明星所主演的電影，配上永遠吃不完的大桶爆米花，爸爸大方出借他的卡車，但我決定要走路。如果是在家鄉，我一定毫不遲疑接下鑰匙，避開寒氣。而這個地方，雖然已經是十一月底了，外頭的天氣依然相當舒服。

這條散步路線會經過這城市的另一處家庭式木材零售場，他們所擺設的各式各樣聖誕樹、再加上紅白相間的結帳帳篷，足足佔了某間超市的三大排停車空間。每逢這個季節，我總是會過去個兩三次、打聲招呼，哈波夫婦就和我爸媽一樣，只要一開賣，幾乎就沒有機會離開零售場。

某名客人的雙臂緊扣某棵聖誕樹的前半部，而哈波先生則帶引著他。走向停車場。我從停放車輛之間的狹小空隙鑽出去，準備向他打招呼。那個扛樹的客人傾斜樹尾、將它放入已經打開的紫色貨卡車尾門。

卡列博？

哈波先生把聖誕樹的後半部推進去，然後望向我站立的方向，我正打算轉身，已經來不及了。「西耶拉？」

我深呼吸，又轉身回去。哈波先生身著橘黑相間的格子外套，搭配同款的覆耳帽，他走過來，給了我一個溫暖的擁抱。我趁他摟緊我的時候，瞄了一眼卡列博，他整個人靠在卡車上面，凝望我的目光充滿笑意。

哈波先生與我寒暄了一會兒，我也允諾要在聖誕節之前再過來看他。等到他回到零售場之後，卡列博依然盯著我，啜飲加蓋紙杯裡的熱飲。

「你到底是對什麼這麼執迷？」我開口問道，「聖誕樹還是熱飲？」

他的酒窩更深了，我朝他走過去，他的頭髮貼住前額，似乎剛才把樹扛過來十分匆忙、害他沒有時間梳理頭髮。我還沒聽他說出答案，卻發現哈波先生與另外一名助手正忙著把第二棵聖誕樹放進卡列博的貨車裡面。

卡列博看著我，只是聳肩。

我繼續追問，「說真的，這到底是怎麼回事？」

他若無其事關上車尾門，彷彿看到他出現在另外一間聖誕樹零售場也不需要大驚小怪似的。

「我倒是想知道，什麼風把妳吹來這裡？」他反問我，「妳是來打探軍情嗎？」

「哦，聖誕時節，不需要一較上下，」我回道，「但既然你看起來很內行，我想請問一下，哪家比較好？」

他喝了一口熱飲，我望著他的喉結在上下晃動，「妳家的聖誕樹最棒，」他繼續說道，「這家的糖晶棒全沒了。」

我假裝露出噁心神色，「怎麼可以這樣！」

「我知道！」他附和我，「我應該當你們家的忠實主顧才是。」

他又喝了一口飲料，之後就不再說話。他是不是在暗示還需要更多的聖誕樹？也就是說，我有更多的機會與他見面，這讓我感覺……說不上來。

「到底是什麼樣的人會在一天之內買這麼多聖誕樹？」我繼續追問，「就算買這麼多是為了一整個冬季好了，也太誇張吧。」

「我先回答妳的第一個問題，」他開始解釋，「我迷戀的是熱巧克力。我覺得如果自己真有什麼成癮的壞習慣，這也還好吧。我再回答妳第二個問題，要是有了一台貨卡，後頭可以塞滿各式各樣的東西。比方說吧，今年夏天，我就幫我媽媽的三個同事搬家。」

「我明白了，所以你就是那種暖男，」我走向他的其中一棵樹，輕輕拉整它的針葉，「樂於助人的大好人。」

他伸出雙臂、擱在車斗護板上面。「妳覺得很驚訝？」

他在測試我，因為他知道我已經聽說了他的事。而且，他這一招也正中要害，因為我真的不知道該怎麼回答是好。「驚訝算是正常反應嗎？」

他低頭看著自己的那兩棵樹，我看得出來，我的閃避態度讓他好生失望。

「這些樹應該不是全數自用吧？」

他露出微笑。

我傾身向前，不確定自己這個舉措是否恰當，但我也覺得自己理當有所作為才是。「好，如果你打算買更多的聖誕樹，我剛好與另外一家零售場的老闆很熟，我想我應該可以給你折扣價。」

他拿出皮夾，裡面又塞滿了一元美金小鈔，他抽了一些出來。「其實，自從看到妳在那裡張貼遊行海報之後，我又去了兩次，但妳都正好外出。」

那段話是不是等於他自己招認想見我？當然，我不能直接問他，所以我指了一下他的皮夾，「你知道嗎，其實銀行可以讓你把這些錢換成面額比較大的鈔票。」

「我該怎麼說呢，我這個人就是懶。」

「至少你知道自己的缺點，」我回道，「這種心態很健康。」

他把皮夾塞回口袋，「知道自己的缺點，也是我的專長之一。」

要是我夠大膽的話，我應該要趁機詢問他妹妹的事才對，但那樣的問題很可能會讓他立刻鑽進自己的貨卡、立刻開車離去。

「哦？缺點？」我趨前一步，「買這麼多聖誕樹，幫別人搬家，想必你一定是聖誕老公公壞小孩名單的榜首。」

「如果妳這麼說的話，我想我沒那麼壞吧。」

我捻手指，發出清脆聲響。「你應該要想到自己這麼愛吃甜食，可是一大重罪啊。」

「哪有，我不記得在教會裡有聽過這條罪，」他繼續說道，「但我一直有懶惰的毛病，真的，我好幾個月前掉了梳子，到現在都還沒買新的。」

「你看看現在有什麼後果，」我盯著他的頭髮，「簡直不可原諒，我看恐怕得害你四處探究、尋找打折的聖誕樹。」

「探究？」他說道，「嗯，這個字很不錯，但我以前從沒想過會把它放在句子裡。」

「哦，拜託，你不會覺得這是什麼艱難生字吧？」

他哈哈大笑，那笑聲好聽極了，讓我好想繼續逗他。但我們互相揶揄過程中所產生的那股自在感，卻不是什麼好事。無論他長得有多帥或是多麼愛笑，我必須要謹記海瑟的憂慮。

他彷彿看透了我心緒正在轉換，他的表情突然變得憤恨不平，目光又飄向聖誕樹，他開口反問，「怎樣？」

如果我們日後還是會見面，那麼鐵定有某個讓人不舒服的話題——也就是那個流言——永遠在我們之間徘徊不去。

「好，顯然，我的確聽到了某些事……」接下來的話，哽在我的喉嚨裡，完全講不出口。但我幹嘛要說這個？我們可以退回到原本的顧客與聖誕樹女孩的關係，這些話太多餘了。

「沒錯，的確很明顯，」他回道，「總是這樣。」

「但我不相信——」

他從口袋裡掏出鑰匙，依然不肯看我。「那妳就不需要多想了。我們可以對彼此保持友善態度，我會繼續向妳買樹，不過……」他緊咬下巴，我看得出來，他努力想要抬眼看我，但終究沒有辦法。

我無話可說。接下來，他應該要告訴我，我所聽到的謠傳全是謊言，但他卻一句話也沒有。

他走向貨卡的駕駛座，關上車門。

我退後一步。

他發動引擎，伸手對我揮了一下，隨即駕車離去。

8

星期六的時候，我可以等到十二點才開始上工，所以海瑟一大早來接我，我請她載我去「早餐特快列車」，她端詳我的眼神很奇怪，但還是朝那個方向開過去。

她開口問我，「妳問過了嗎？能不能和我們一起去觀賞遊行呢？」

「應該沒問題，」我回道，「整城的人都會為之瘋狂，在遊行結束之前，我們應該也不需要忙著招呼一大堆客人。」

我想到了卡列博昨晚開車離去時的揮手姿態，充滿了哀傷。還有雙肩所承受的沉重心事，害他一直沒辦法看我。雖然，有諸多不該與他談戀愛的理由，但我就是想要看到他開著那台貨卡、再次進入零售場。

「戴文覺得妳應該邀請安德魯一起去欣賞遊行，」海瑟說道，「好，我現在知道妳會有什麼回應了……」

「妳有沒有告訴戴文這提議很糟糕？」

她聳了一下肩膀，「他覺得妳應該給他一次機會。我可沒說我贊同他的意見哦，但安德魯是真心喜歡妳。」

「嗯，但我對他完全沒興趣，」我窩在座位裡、身體縮成一團，「啊，我講這種話聽起來好賤。」

海瑟把車停在「早餐特快列車」餐廳的人行道前面，這是以五〇年代為主題的餐廳，其實，它就是兩台退役的火車車廂，其中一個作為用餐區，而另外一個則是廚房。在列車底下，可以看到鋼輪被固定在鋪有裂紋枕木的真正鐵軌上面。最棒的是——這裡提供的早餐——他們只做早餐——全天候供應。

海瑟正準備要熄火，目光飄向我右方的火車車廂窗戶。「妳找我來這裡，我沒有開口拒絕，因為我知道妳喜歡在這裡用餐。」

「好，」我不清楚她講這段話的意圖，「如果妳想去別的地方——」

「不過，既然我們還沒進去，我得讓妳知道，」她繼續說道，「卡列博在這裡打工。」她等待這句話的後座力爆發，的確，它的威力宛若巨石襲來。

「哦……」

「我不知道他今天有沒有上班，但是有這個可能，」她說道，「所以妳最好想一想等一下遇到的話，妳該作何反應。」

我們越來越接近餐車階梯，我的心跳速度也跟著變快，我跟在海瑟後面，她推開紅色金屬車門，登上階梯。

黑膠唱片與懷舊電影與電視節目的海報，貼滿了整座牆，餐桌分佈在中央走道兩側，每桌最多只能容納四個人，紅色塑膠椅座佈滿了銀色斑痕。現在，只有三桌客人而已。

「也許他不在這裡，」我說道，「可能今天不是他的上班日——」

我話還沒講完，通往廚房的拉門就開了，出來的人是卡列博。他身著白色直扣式襯衫、卡其褲，以及紙製的五〇年代船型帽，手裡拿著裝有兩份早餐盤的托盤，走到某桌客人的前面，然後將餐盤放在他們的面前。他把托盤放在身側、朝我們走來，走了幾步之後，他眨眨眼，認出我們了，目光在海瑟與我之間來回游移，他的笑意變得有些提防，但臉上依然掛著笑容。

我把雙手伸進外套口袋，「卡列博，我不知道你在這裡工作。」

他從海瑟旁邊的櫃子拿出兩份菜單，笑意逐漸褪淡。「要是妳事先知道的話，還會過來嗎？」

我不知道該如何回答是好。

海瑟開口，「這是她小時候最愛的餐廳。」

卡列博步向走道，「不需要多作解釋。」

海瑟與我跟在他後面，到了車廂最遠的那一頭。我們經過的每一個座位區都有專屬的長方形車窗，而我們的位置也不例外。而從這一側望向窗外，正好可以看到我們停車的街道。

他開口說道，「這台列車最棒的座位就在這裡。」

海瑟與我分別入座，各據一方。

我問道，「為什麼這裡特別棒？」

「因為最靠近廚房，」他的笑容又回來了，「剛煮好的咖啡會最先倒給這桌的客人，而且，我和認識的客人聊天也比較方便。」

海瑟一聽到這句話，就立刻拿起菜單、悶頭研究，然後，她根本不看我、直接把另外一份菜單推向我面前。我不知道她是不是刻意要在卡列博面前擺出輕蔑姿態，反正，效果是達到了。

「你要是覺得無聊的話，」我告訴他，「反正我們都會待在這裡。」

卡列博看著海瑟，而她只是繼續盯著菜單，大家就這樣沉默了好幾秒鐘之久。然後，卡列博往後退了幾步，鑽進廚房大門。

我硬是把海瑟的菜單按在桌上，「怎樣？我想他現在一定知道妳就是把謠言告訴我的人，但妳根本不知道那是不是真的。」

「我不知道那流言當中有多少為真，」她繼續說道，「抱歉，我只是不知道該說什麼罷了，我好擔心妳。」

「為什麼？因為我覺得他很帥？就我看來，那就是他的唯一優點而已。」

「不過，西耶拉，他對妳有意思。我們在學校天天見面，他從來沒說過這麼多話。好，那沒差啦，但妳不需要和他打情罵俏得這麼明顯——」

「哇！」我伸手制止她，「首先，我什麼都沒有做，才沒有什麼明顯不明顯的問題。其次，我根本不認識他，所以妳完全不必擔心。」

海瑟再次拿起菜單，但我知道她根本沒在看。

「關於卡列博，我只知道這幾件事，」我繼續說下去，「他在餐廳打工，買一大堆聖誕樹，所以我應該還是會繼續看到他，如此而已。我不需要和這個人在其他場合見面，也不需要知道其他事情，可以嗎？」

「知道了，」海瑟回道，「抱歉。」

「很好，」我又躺靠在椅背上，那麼，「我應該就不用煩惱這檔子事，可以好好享用我的銀幣鬆餅了。」

海瑟牽了一下嘴角，露出勉強笑容。「接下來的事還是會讓妳產生新的煩惱。」

我拿起自己的菜單，雖然我早就知道自己要點什麼了，但還是埋頭研究，這樣一來，我可以進一步切入這個話題，但目光卻可以落在其他地方。「而且，不管之前發生了什麼事，他依然持續在自我折磨。」

海瑟把菜單啪一聲擱在桌上，「妳和他談過那件事了？」

「我們沒這個機會，」我回道，「但他全身上下表露無遺。」

她望了一下廚房的緊閉大門，等到她的目光又回到我身上的時候，她伸出雙手、緊貼太陽穴。「為什麼人們這麼複雜？」

我哈哈大笑，「是吧？要是大家跟我們一樣，那就輕鬆多了。」

「好吧，趁他還沒回來，」海瑟說道，「我要告訴妳我所認識的卡列博，這是我唯一確定的部分，保證不是謠言。」

「太好了。」

「卡列博和我從來就不是同一掛的，但他一直對我很友善。想必他一定——或者他老早就是這樣了——有另外一面，但我一直沒機會看到。」

我指了指她的菜單，「那就不要對他這麼冷酷。」

「我也不是故意的，」她傾身向前，把手放在我的菜單上緣，「我希望妳待在這裡的時候能夠快快樂樂，但要是這傢伙身上的包袱比巨無霸客機的所有行李重量還驚人，妳也沒辦法開心啊。」

廚房門開了，卡列博帶著小本便條簿與鉛筆走出來，停在我們的餐桌旁邊。

海瑟問道，「你們這裡有在徵人嗎？」

卡列博放下他的紙筆，「妳要打工？」

「不是我，是戴文需要工作，」她繼續解釋，「他不肯自己找，但我知道只要等到他一開始打工，生活一定就會變得更加多采多姿。」

「妳明明是他女友，」我哈哈大笑逗她，「讓他的生活多采多姿，難道不是妳的職責嗎？」

海瑟偷偷在桌子底下踢了我一腳。

卡列博問道，「還是因為妳想甩了他？」

海瑟立刻回嘴，「我可沒這麼說。」

卡列博笑得開懷，「我還是少知道一點比較好。不過，等到經理進來的時候，我一定會幫妳問一下。」

海瑟回道，「謝謝。」

他面向我，「如果妳想要喝熱巧克力的話，妳要知道我們這裡沒有糖晶攪拌棒，可能不符合妳的標準。」

「喝咖啡好了，」我回道，「但要加一堆糖與奶精。」

「我要熱巧克力，」海瑟說道，「可不可以多加一點棉花糖？」

卡列博點頭，「馬上就好。」

海瑟一看到他走遠、聽不到我們的對話，馬上傾身向前。「妳有沒有聽到他講的話？他想要符合妳的標準。」

我也彎身前傾，「他是服務生，」我說道，「那是他的職責。」

卡列博回來了，拿著白瓷馬克杯，上頭堆放的棉花糖多得也未免太誇張了，他把它放在桌上，好幾塊棉花糖跟著抖落而下。

他對我說，「別擔心妳的飲料，我還在煮咖啡。」

車另外一頭的門開了，卡列博望了一眼，眼中立刻充滿驚喜神采。我轉頭，看到有個媽媽帶著雙胞胎女兒——應該是六歲吧——三人都對著卡列博微笑。這對小女孩個頭瘦小，穿著尺寸過大的兜帽運動衫，而且袖口破爛。其中一個小女孩高高舉起某張蠟筆畫，讓卡列博看個仔細，那是棵佈滿裝飾品的聖誕樹。

他對我們低聲說道，「我等一下就回來。」他走到那對小女孩的面前，收下了這份禮物，「好漂亮，謝謝妳們。」

其中一個小女孩開口，「這就是你送給我們的樹。」

「現在裝飾品都已經放上去了，」另外一個女孩告訴他，「現在就跟畫裡面的一模一樣。」

卡列博仔細盯著那張畫。

那個媽媽說道，「她們根本不記得上次家裡有聖誕樹是什麼時候的事了，」她調整了一下皮包的肩帶，「其實我自己的印象也很模糊。那天，她們放學回家的時候，她們的臉……簡直就是……」

「謝謝妳們給了我這張畫，」他把它貼在胸前，「其實，我才是最開心的人。」

那個媽媽深呼吸，「她們就是想要向你親自道謝。」

其中一個小女孩說道，「我們有為你禱告。」

卡列博對著那女孩輕輕點頭，「對我來說，真的是別具意義。」

「我們打電話給食物銀行的時候，接電話的人說這完全是你一個人自動自發的善舉，」那媽媽繼續說道，「他告訴我們，你在這裡工作，要是我們過來看你的話，你應該不會介意才是。」

「嗯，他說得沒錯，其實……」卡列博側身，指著身旁的餐桌，「要不要來點熱巧克力？」

兩個小女孩爆出歡呼聲，但她們的媽媽卻開口，「我們不能待在這裡，我們——」

卡列博回道，「那我裝在外帶杯吧。」他看她沒有拒絕，隨即朝我們的方向走來，我趕緊將目光移回到海瑟身上。

等到他進入廚房後，我才悄聲開口，「他買這麼多聖誕樹，難道就是因為這個原因？送給他根本不認識的家庭？」

海瑟問道，「他買樹的時候什麼都沒說？」

我凝望窗外的來往車輛，他買下第一棵樹的時候，我算他原價，我相信哈波先生也一樣，但他只不過是這裡的服務生，聖誕樹卻買個不停。現在我真的不知道該怎麼把這個才剛剛知道的事與我聽到的傳聞結合在一起。

卡列博從廚房出來了，他其中一手拿著外帶紙盒、上面有三個附蓋的外帶杯。而他的另外一手則拿著裝滿咖啡的馬克杯，送到我面前之後，他又繼續走向那母女三人組。我一邊啜飲著奶精與糖比例完美至極的咖啡，一邊盯著海瑟。

卡列博終於回來了，站在我們的餐桌旁邊。「咖啡還可以嗎？」他繼續解釋，「我剛才得在廚房裡事先攪拌妳的奶精與糖，因為我沒辦法同時拿出她們的飲料和妳的咖啡，再加上奶精與糖。」

我讚道，「滿分的咖啡。」我在餐桌底下偷偷伸腿、踢了一下海瑟的鞋子。她看著我，我微微側頭，示意她挪一下屁股。如果我開口請卡列博坐在我旁邊，那麼顯然表示我對他有興趣。不過，既然海瑟已經說出自己和戴文在一起，那麼由她開口邀他坐下，也就只是純粹示好的友善對話而已。

海瑟乖乖騰出位子，「聖誕樹男孩，坐一下嘛。」

卡列博似乎十分吃驚，但對於海瑟開口請他坐下倒是很開心。他迅速瞄了一眼其他桌的客人，然後，在我對面坐了下來。

「你知道嗎？」海瑟說道，「已經好久沒人送我蠟筆畫的聖誕樹了。」

「我也萬萬沒想到，」卡列博把畫作放在餐桌的正中間、把它轉到我面前，「真的好棒，對吧？」

我好喜歡那棵樹，然後，我盯著他不放，他依然低頭看著那張畫。

我說道，「卡列博，你這個人真是多面向。」

他開口了，目光依然停留在那棵聖誕樹，「我一定得強調一下，妳這次在句子裡使用了多面向這個字。」

海瑟插嘴，「也不是第一次了。」

卡列博看著她，「她可能是這間餐廳第一個使用這個字詞的客人。」

「你們兩個不要搞笑了，」我回道，「海瑟，趕快告訴他，妳以前也在句子裡使用過探究這個字。」

「我當然……」她突然住嘴，望著卡列博，「沒有，其實，我從來沒講過那個字。」

卡列博與海瑟兩個人互相擊拳叫好。

我奪下卡列博頭上那頂好笑的五〇年代船型帽，「這位先生，那麼你應該多多使用有趣的字詞，還有，記得買梳子。」

他伸手想要拿回帽子，「拜託好不好？不然，我下次買聖誕樹的時候，我就全付妳一元美金，而且疊得亂七八糟，每張方向都不一樣。」

「沒問題。」我依然扣住他的帽子，就是讓他拿不到。

卡列博起身，伸手拿帽子，我終於還給他，他立刻把那一點都不酷的東西戴回頭上。

「如果你過來買樹，別期待我會送畫給你，」我說道，「不過，我今天的工作時間是從中午到晚上八點。」

海瑟盯著我，臉上露出了似笑非笑的表情。等到卡列博去服務其他客人的時候，她開口說道，「妳剛才根本是邀請他過去找妳嘛。」

「我知道，」我拿起了馬克杯，「那才算是明顯的打情罵俏。」

❖ ❖ ❖

我在媽媽預計需要人手幫忙的前一小時就已經上工，而某輛平台裝滿補貨品的卡車早已等在那裡了。我戴上工作手套，爬上貨卡後面的梯子，小心翼翼踩著樹木的頂層，所有的聖誕樹都加了護網，以側放的方式交疊排列，它們濕漉漉的針葉拂刷著我的褲口。想必這趟旅程讓這些樹木淋了不少的雨，讓它們散發出幾乎與家鄉林場一樣的氣味。

又有兩名幫手跟著上來，他們盡量縮小腳步的挪移距離，以免折斷樹枝。我伸出十指、抓住樹木的護網之後，彎膝，把它移動到平台邊緣，讓另外一名幫手能夠抓住它、送入「大腳趾」後方那疊越來越高的聖誕樹樹堆當中。

安德魯接過我斜放的那棵聖誕樹，但他卻不打算自己扛到「大腳趾」，反而把那棵樹交給別人。

「我們已經搞定了！」他抬頭對我大吼，又拍了兩下手掌。

我真想脫口而出，我們兩個又不是在比賽，而爸爸則在這時候拍了拍安德魯的肩膀。

「戶外廁所得補充備品了，立刻就去，」他繼續吩咐，「你自己評估狀況，看看是不是要好好打掃一下，如果需要清理，記得要告訴我。」

我的肌肉開始出現疲倦感，我趕緊趁空伸展背部，讓呼吸恢復平順。雖然精疲力竭，但待在零售場工作、隨時保持笑容也不是什麼難事。我眺望遠方，看著顧客在我們的聖誕樹樹堆之間來回走動，他們臉上的雀躍之情顯而易見，就連我站在這個地方也可以看得出來。

從小到大，我的四周一直充滿了這樣的畫面。現在，我才發現我只看到那些即將擁有聖誕樹的人，而我卻看不到就算渴望擁有卻買不起的那些家庭，卡列博分送聖誕樹的對象，就是這些人。

我雙手扠腰，左右來回扭轉身體。在我們零售場的遠方——這座城市最後一間屋宅的遠方——紅雀峰高高聳立、直入淡藍色的無雲天空。我的樹就種在接近山頂的地方，與這裡的聖誕樹一模一樣。

爸爸爬上來，幫我將其他的樹木朝下移動、交給幫手。他放了好幾棵樹之後，雙手放在大腿上，開口問我，「我對安德魯的反應是不是太過分一點？」

「不要擔心啦，」我回道，「他知道我對他沒興趣。」

爸爸放下另外一棵樹，臉上露出燦爛微笑。

我望向零售場的那些工讀生，「我想這裡的每一個人都知道我千萬碰不得。」

他站起來，濕答答的雙手在牛仔褲上抹了好幾下。「親愛的，我們沒有管得太嚴吧？」

「在家鄉的時候不會啦，」我又把一棵樹送下去，「但這裡呢？我要是與某人約會的話，你一定渾身不自在。」

他抓住另外一棵樹，但卻沒有推送到旁邊，反而停下手中的動作，看著我。「因為我知道在短短的時間之中愛上某人是多麼容易的事，相信我，告別那樣的關係就沒那麼容易了。」

我又送了兩棵樹下去，這才發現他依然盯著我。「好，」我回道，「我明白了。」

等到我們終於卸下所有的樹木之後，爸爸把自己的手套交給我，我把我們兩人的手套都塞進我的外套口袋裡。他準備回拖車小睡一下，而我則走回「大腳趾」，準備幫客人結帳。我把頭髮往後一抓、正要把它綁成髮髻的時候，突然看到卡列博站在櫃台前面。

我趕緊又放下頭髮，讓它垂落肩頭，又抓了好幾綹髮絲貼住臉頰。

我走向櫃台，經過了他的身邊，「又看到你了，打算讓某人過個快樂聖誕節？」

他笑了，「我的確是在做這樣的事。」

我對他點頭示意，跟我一起去飲料吧檯。我拿出紙杯，放在我的復活節馬克杯旁邊，又撕開熱巧克力的包裝袋。「那你要不要告訴我，為什麼會開始買樹送人？」

「說來話長，」他的微笑也變得有些猶疑，「如果妳要聽簡單版本，對我們家來說，聖誕節一直是大事。」

我知道他妹妹已經沒有與他住在一起了，也許在那個說來話長的故事當中，也夾雜了這個段落吧。我把熱巧克力交給他，還配了一根糖晶攪拌棒。他一看到我的復活節馬克杯，酒窩又出現了，我們啜飲自己的飲料，凝望彼此。

「我爸媽以前總是讓我和我妹妹自行選樹，愛挑哪一棵都行，」他繼續說道，「我們一起裝飾整個家，他們還會請朋友來家裡。我們煮好一大鍋辣肉之後，就到外頭唱聖誕頌歌，聽起來實在很老派，對吧？」

我指了指我們周邊那些灑滿假雪的聖誕樹，「我們全家之所以能撐到今天，靠的不就是老派的聖誕節傳統嘛。不過，這還是沒有辦法解釋你為什麼要買聖誕樹送給別人。」

他又喝了一小口熱飲，「我的教會每逢聖誕節就會舉辦大型的『生活用品送暖』活動，」他繼續解釋，「我們會收集外套或是牙刷之類的用品，送給有需要的家庭，這一點當然很好。不過，有時候能夠滿足別人的渴望、而不是僅僅提供必需品，其實也是美事一樁。」

我回道，「我完全能夠體會。」

他吹開巧克力表層的熱氣，「我家再也不曾那樣歡喜過節了，我們還是會裝飾聖誕樹，但也僅僅如此而已。」

我很想問為什麼，但我知道答案也在那一言難盡的版本裡面。

「長話短說，我接下『早餐特快列車』的工作之後，發現我可以把小費拿去買樹，送給那些有需求卻無法負擔的家庭。」他不斷攪拌薄荷糖晶棒，「我想，要是我能夠賺到更多小費，妳看到我的機會也就更多了。」

我吃了一小塊棉花糖，舔了舔嘴唇。「也許你可以考慮另外放一個小費罐，」我繼續說道，「在上面畫顆小小的聖誕樹，註明這筆錢的用途。」

「我也這麼想過，」他說道，「但我想要花的是自己的錢。但要是那額外的小費本來可以捐助給其他慈善團體、購買人們的必需品，我會覺得很罪過。」

我把馬克杯放在櫃台上，指了一下他的頭髮，「說到大家的必需品，你現在不要亂動哦。」

我趕忙跑到櫃台後面，拿出一個小紙袋，交給卡列博，他挑眉看著我。

他接下袋子，一拿出我昨天在藥妝店為他挑選的紫色梳子，立刻爆笑出來。

我回道，「也該好好改正一下你的缺點了。」

他把梳子放入屁股口袋。我正打算開口告訴他，至少也應該要先梳一下頭髮吧，但沒想到理查森一家人卻在這時候走進「大腳趾」。

「我還在想你們什麼時候會過來！」我大力擁抱理查森先生和他的太太，「你們不是通常在感恩節的第二天就會現身嗎？」

理查森一家總共有八口人，打從他們只有兩個小孩的那時候開始，他們就固定來我們這裡購買聖誕樹。他們每年都會送來一盒自己烘焙的餅乾，與我閒話家常，而他們的小孩則在一旁七嘴八舌，討論哪一棵才是最完美的聖誕樹。現在，他們的小孩和我打完招呼之後，立刻朝那一堆聖誕樹的方向衝過去。

「在前往新墨西哥州的路上，我們的車子出了問題，」理查森先生說道，「只好待在汽車旅館過感恩節，等人送來風扇皮帶。」

「感謝老天，幸好那裡有游泳池，不然這些小孩一定會自相殘殺。」理查森太太把今年佈滿雪花圖案的藍色餅乾盒交給我，「我們這次在網路上找了新食譜，大家都說好好吃。」

我打開盒蓋，拿出了某片略顯殘缺的雪人餅乾，上面佈滿了糖霜與糖粒。卡列博靠過來，所以我把餅乾盒遞過去，他也拿了一片形狀不全的暴牙麋鹿。

「幼齡小孩們今年有幫忙，」理查森太太說道，「妳應該看得出來。」

我咬了第一口，就忍不住發出呻吟，「哦天，好好……太好吃了！」

「趁現在好好享受吧，」理查森太太回道，「因為明年我又要換回菲利斯博利娃娃的版本了。」

一小塊餅乾屑從卡列博嘴邊掉落而下，他剛好接個正著，同時開口大讚，「好吃極了。」

「我的一個女同事說，我們應該要試試看薄荷巧克力，」理查森先生說道，「她說，就連讓小孩做這種餅乾也不會失誤。」他想把手伸到我的罐子裡拿餅乾，但卻被他太太抓住手肘、硬是把他的手抽回來。

卡列博又偷偷拿了一塊餅乾，我狠狠瞪他一眼，「抱歉哦！你已經超過限額了！」我知道他一定想取笑我講出限額這個字詞，但此刻的他卻比較想吃餅乾，看到他陷入掙扎的模樣還真是有趣。

「盡量吃沒關係，」理查森太太說道，「我可以把食譜給妳和妳男友，然後——」

理查森先生一聽到男友，立刻碰了一下他太太的手臂，我對他微笑示意，沒關係。而且，他們有個小孩正在外頭尖叫。

理查森太太嘆氣，「西耶拉，能再次看到妳真是太開心了。」

理查森先生對我們兩人點頭致意之後，轉身離開，而當他一走到外頭，立刻大吼，「納森！聖誕老公公知道你在幹什麼好事！」

卡列博又摸走另一塊餅乾，立刻丟進嘴裡。

我伸手對他指了一下，「卡列博，聖誕老公公知道你在幹什麼好事！」

他舉起雙手，佯裝無辜，然後走到飲料吧檯那裡拿餐巾，擦了擦嘴巴，開口說道，「妳今天晚上應該要跟我一起去送聖誕樹。」

我的餅乾吃到一半，聽到這句話差點噎到。

他把皺巴巴的餐巾都扔進綠色塑膠垃圾桶，「如果妳沒有意願的話，不需要——」

「我很想去，」我打斷他，「但是我今晚得要工作。」

他盯著我的雙眼，幾乎是面無表情。「西耶拉，妳不需要對我編藉口，直說就行了。」

我走到他面前，「我告訴過你，我工作到八點鐘，記得嗎？」他這個人一定要跟刺蝟一樣嗎？

他咬唇，臉龐朝外。「我知道我們有事情需要好好談一下，」他繼續說道，「但還不是時候，好嗎？只是，如果可以的話，希望妳不要將聽到的話照單全收。」

「卡列博，我一定會跟你一起出去，改天好嗎？過幾天就好。」我等待他回頭看著我，「除非你沒意願。」

他又拿了一張餐巾紙擦手，「我當然想啊，我覺得妳一定會很喜歡。」

「太好了，」我回道，「因為你想找我出去，這對我來說非同小可。」

他憋住笑意，但他的酒窩卻洩了底。「是妳養大了這些樹，當然要看看它們帶給那些家庭什麼樣的喜樂。」

我拿起糖晶棒，朝那些聖誕樹的方向搖了一下。「我每天都看得到啊。」

他回道，「這不一樣。」

我拿著糖晶棒攪拌熱飲，凝望成形的漩渦。這似乎比較像是他想找我約會，而不只是純粹兩個人一起出去而已。如果他真的是那個意思，其實與聖誕樹完全無關，那麼，我不免有些想望，直接開心答應他就是了，但我了解這個人的程度到底有多少呢？而他對我更是所知無幾。

他拿出梳子，在我面前晃了好幾下。「除非妳給我一個明確的日期，不然我絕對不用這把梳子。」

「哦，你現在開始耍賴，」我回道，「我想想看。這個週末會超忙，所以我工作結束之後一定會很累。等你星期一放學之後呢？」

他抬頭，彷彿在查看腦海中的行事曆。「我那天不用打工，那就說定了！等到晚餐過後，我來接妳。」

卡列博與我一同離開「大腳趾」，我決定要讓他看看在這間零售場裡面、我最鍾愛的那些聖誕樹。無論他今天能拿出多少小費買樹，我一定要給他最漂亮的那一棵。我正準備走向我看中的某棵香杉，但他卻朝停車場走去。

我停下腳步，「你要去哪裡？」

他轉過來看著我，「我今天沒錢買樹，」他的笑容好溫暖，但又充滿了促狹之意，「我已經達到了今天過來的目的。」

9

星期天傍晚沒那麼忙，所以我回到拖車裡，與瑞秋、伊莉莎白聊天。我打開筆記型電腦，為了要注意自己是否得去外頭幫忙，又拉開桌邊的窗簾。當我好友的臉龐出現在螢幕上的時候，我的心突然一陣揪痛，因為我與她們之間的距離好遙遠。不過，短短幾分鐘之後，聽到瑞秋講述她的西班牙文老師教全班做牛肉餡餃，不禁讓我開始哈哈大笑。

「全部都像是燒焦的曲棍球圓盤，」她說道，「我可沒騙妳！下課之後，我們真的在走道上玩曲棍球。」

「我好想念妳們哦。」我伸手撫摸螢幕上的臉龐，她們也摸了摸自己的電腦螢幕。

「一切都好嗎？」伊莉莎白問道，「沒有要逼問妳的意思，但明年狀況如何？有新消息嗎？」

「嗯，我真的問了，」我回道，「我爸媽果然打算結束這裡的生意，但目前情勢還不明朗。我相信這消息會讓妳們開心一點，但是——」

「哪有，」伊莉莎白回道，「無論最後結果如何，我們的心情一定都是苦樂參半。」

「我們當然不希望看到聖誕樹零售場就這麼沒了，」瑞秋說道，「不過，要是妳能留下來陪我們過節，我們當然歡喜。」

我凝望窗外，只有看到三個客人在聖誕樹樹堆裡穿梭，「和去年相比，我覺得今年沒那麼忙，」我老實招認，「我爸媽每天晚上都在分析銷售數字，但我根本不敢問。」

「那就不要開口，」伊莉莎白回道，「無論會發生什麼事，就讓它順其自然吧。」

她說得沒錯，但每當我寫功課甚至休息的時候，心頭總是在想自己是不是還能做些什麼。失去這個據點何其痛苦，尤其對爸爸來說更是如此。

瑞秋傾身向前，「好，輪到我了嗎？冬季舞會把我搞得焦頭爛額，妳一定不信居然有這麼離譜，和我共事的全是一群菜鳥！」她開始滔滔不絕，原來她派了兩個高一生去文具行買製造雪花的材料，回來的時候，只買了亮片。

我問道，「只買了那個？」

「亮片！難道他們就沒想到應該要把亮片放在某個東西上面嗎？我們又不是在空中撒亮片！」

我的腦中開始浮現那種舞會的畫面：身著晚禮服的男女同學們翩翩起舞，同時還要忙著把手中的亮片往上拋撒。所有的亮片宛若瀑布直落而下，被旋轉彩燈映照得熠熠生光。瑞秋與伊莉莎白開懷大笑，伸出雙臂轉圈，而我則凝望卡列博，他微微仰頭，閉著雙眼，微笑。

「嗯……我認識了某人，」我繼續說道，「算是見過了幾次面，」

短暫的沉默，感覺卻像是生生世世那麼久。

瑞秋問道，「所以，是個男生囉？」

「現在只是朋友階段，」我回道，「我覺得啦。」

伊莉莎白大嚷，「妳看妳都臉紅了！」

我趕緊以雙手摀臉，「我不知道啦，也許根本沒什麼，哎，他——」

瑞秋打斷我，「不！不不不可以！不管他有什麼缺點，既然妳已經完全煞到這個人，這次就不要再龜毛了。」

「我這次不會龜毛了，絕對不會！他是超級大暖男，會自掏腰包購買聖誕樹，送給那些無法負擔的家庭。」

瑞秋又挺直身體，雙手交疊胸前，「我等著妳說出『不過』……」

伊莉莎白說道，「她馬上就會開始龜毛啦。」

我不再注視螢幕上的小方塊，刻意閃避瑞秋與伊莉莎白的目光，她們兩人正等待我講出他的缺點。「不過……這個超級暖男好像曾經持刀威嚇過妹妹。」

瑞秋伸拳碰了一下她的頭，然後又張開五指，宛若腦袋爆炸一樣。「西耶拉，刀子？」

我回道，「可能只是謠言。」

「那種謠言非同小可，」伊莉莎白回道，「海瑟怎麼說？」

「就是她告訴我的。」

瑞秋又挨近螢幕，「我還沒看過哪個人談戀愛比妳更挑剔，妳這次是怎麼了？」

「他知道我聽到了某些傳聞，」我回道，「但每次一碰觸到這個話題的時候，他就閉口不談。」

伊莉莎白說道，「妳一定要好好問問他。」

瑞秋伸出食指對著我，「但一定要在公共場合。」

她們說得沒錯，確實如此，我必須要更加了解這個人，才能與他進一步交往。

瑞秋又補了一句，「還有，一定要問完之後才能接吻。」

我哈哈大笑，「我們得要有機會獨處才行。」

我發覺自己眼睛突然睜得好大，因為我想到明天就是我們兩人第一次獨處。卡列博放學之後，將要載著我一起去送聖誕樹。

「就開口問他吧，」瑞秋說道，「如果一切都是誤會，那麼等妳回來的時候，就有精采故事可以跟我們分享了。」

「我知道妳想要找話題告訴那些劇場圈的朋友，我才不會因為妳就這樣跑去談戀愛。」

「要相信妳自己的直覺，」伊莉莎白說道，「也許海瑟聽到的傳言也不是真的，如果他會刺殺妹妹，應該家庭背景也有些特殊吧？」

「我沒有說他刺殺妹妹，我不知道詳情。」

「妳看吧？」伊莉莎白說道，「謠言到我這裡就已經走樣了。」

「我明天找機會問一下，」我回道，「明天我們要一起送聖誕樹。」

瑞秋往後一靠，「這位美眉，妳的生活真的好奇怪。」

❖ ❖ ❖

雖然爸媽正在拖車裡吃著已過正常時間的晚餐，不過，當我與卡列博走向他的卡車的時候，我依然感受到他們死盯著我們。他們的目光緊緊相隨，再加上卡列博的手牽住了我的其中一根手指，這彷彿像是我這一生中最漫長的一段路。

我進入他的貨卡副座，他為我關上車門，我後方的貨卡平台上頭躺著另一棵聖誕樹。我給了他超級優惠的折扣——爸爸，抱歉了——我們馬上要把這棵貴族杉送到需要的地方。我在零售場待了這麼多年，從來沒有在聖誕樹賣出去之後一路跟隨、進入它最後的家。

「我把這個散播聖誕樹故事告訴了我的朋友，」我開口說道，「大家都覺得你是超級大暖男。」

他發動引擎，哈哈大笑。「散播聖誕樹哦？我一直覺得我只是送貨員而已。」

「意思一樣嘛！你還是要挑剔我的選詞就是了？」我其實還滿喜歡他這樣逗我，但我沒有說出口。

「也許在妳回去之前，我可以向妳學到一些用字技巧。」

我伸手過去，推了一下他的肩膀。「你運氣真好。」

他對我笑了一下，開始打排檔。「我覺得這得要看我們的見面次數而定。」

我瞄了他一眼，聽懂他的話之後，我的全身不禁起了一陣寒顫。

我們進入大馬路之後，他繼續追問，「妳覺得我們可以多久見面一次？」

我真希望我能夠講出答案，不過，在我給他具體數字之前，有些事情必須先讓我知道。我真希望他能把話講清楚，正如同他先前告訴我的一樣。

「要看狀況而定，」我開口問道，「你今年還打算送多少聖誕樹？」

他看著窗外，盯著隔壁線道，但從側照鏡可以看到他微笑的映影，「現在是聖誕時節，所以我的小費收入很豐厚。但我必須老實說，聖誕樹就算打折之後還是很貴，這句話並沒有冒犯的意思。」

「嗯，我已經給了最大折扣了，所以你恐怕得仰賴豐厚的小費了。」

我們上了高速公路，一路北行。紅雀峰崎嶇稜線的剪影映襯在暗色天際。

我指了指山頂，「你一定沒想到我在那山頭種了六棵聖誕樹。」

他瞄了我一眼，然後又立刻望向窗外，凝望幽森的山丘。「妳在紅雀峰也有聖誕樹林場？」

「不算是林場，」我回道，「但每年都會在那裡種一棵。」

「真的嗎？怎麼會開始在那裡種樹？」

「其實，這故事要從我五歲時開始說起。」

他打了方向燈，回頭查看車況，然後切到了隔壁線道。「千萬不要害羞，」他說道，「我要聽完整版本。」來往車輛的車頭燈映照出他的好奇笑容。

「好吧，」我抓住胸前的安全帶，「五歲的時候，我和我媽媽一起種下了這第一棵樹。在此之前，我也種過數十棵樹，但我們卻把這一棵刻意獨立出來，還架設圍欄。六年之後，我十一歲，我們砍下了這棵樹、送給我們當地醫院的婦產科。」

「你們真有心。」

「好心先生，這和你的作為根本不能比啊，」我繼續說道，「我爸媽自從我出生之後、每年都會送聖誕樹過去表示謝意，顯然當初我花了許久的時間才願意降臨這個世界。」

卡列博回道，「我媽媽說，當初我妹妹出生的時候也超龜毛。」

我哈哈大笑，「我朋友要是知道你剛剛以龜毛來形容我的話，一定樂得不得了。」

他盯著我，但我現在沒有辦法向他解釋自己為什麼會有這種稱號。

「反正，因為我的關係、我們家決定要特地種一棵樹送給他們，那時候，我很喜歡這個概念。不過，當我們把它砍下來的時候——我開始回顧那過往六年的時光——我竭盡努力呵護這棵樹的一生——也幾乎耗去了我自己一生的時間——所以，我哭得好傷心。我媽說我跪在樹根前面，足足掉淚一個小時之久。」

「哇！」

「如果你喜歡聽感人故事，等等，還有後續呢，那棵樹也哭了，多少算是吧，」我繼續解釋，「樹木成長時都是靠根部吸取水分，對嗎？當它被砍下來的那一刻，根部有時依然在發揮吸水功能、以汁滴的方式送往樹幹。」

「就像是眼淚一樣？」他嘆道，「真感傷！」

「就是啊！」

車頭燈的光線照入駕駛座，我看到了他臉上的一抹賊笑，他開口說道，「不過，妳也必須承認，這種說法有點多愁善感。」

我翻白眼，「這位先生，多愁善感的笑話我可聽多了。」

他又打了方向燈，我們開往下一個出口匝道，路面急彎，我趕緊抓住車門。

「所以，我們都會先砍下聖誕樹一吋厚的底部，才能讓大家把它從零售場帶回家，」我繼續說道，「如此一來，樹木就會有個乾淨的切口，能夠繼續吸取水分，要是底部被汁液堵塞的話，就沒辦法吸水了。」

「真的是……？」他突然收口，「啊，原來如此，真是聰明的作法。」

「反正呢，」我繼續說道，「我們把那棵樹送給醫院之後，我爸就把他砍下的一英寸樹根薄木片送給我。我把它拿進自己的房間，在其中一面畫下聖誕樹，現在，它還在我的梳妝台上面。」

「這故事我喜歡，」卡列博說道，「我似乎從來沒有留下這種充滿象徵意義的東西。不過，這又怎麼會讓妳想在山上搞個小林場？」

「然後，第二天，我們準備開車來到這裡，」我回道，「其實，我們已經離開了，而我又開始大哭。我覺得我應該要種下一棵新樹、取代被我們砍掉的那棵樹。不過，我們得趕路，所以我請我媽媽開到我們的溫室，我趕緊拿了一盆幼苗，把它放進後座、為它繫上安全帶。」

「於是妳就把它種在這了。」

「自此之後，我每個冬天都會帶一棵新樹來這裡。我的計畫是每年依照種植順序砍樹、送給海瑟一家人。他們想要聖誕樹，我們隨時可以給，但那一棵卻別具意義。」

「這故事太棒了。」

「謝謝。」我凝望自己座位窗外的街景，我們正經過兩家兩層樓高的飯店。然後，我閉上雙眼，思索接下來該說什麼才好，「但如果……我不知道該怎麼說……要是能把那棵聖誕樹送給需要的人呢？」

我們繼續往前開，過了一個街區，兩人都沒說話。終於，我轉頭看著他，本來期盼能在他臉上看到燦爛微笑，因為我大方送出自己在加州種下的第一棵聖誕樹。不過，他卻盯著路面，若有所思。

我開口說道，「我本以為你會喜歡我的提議。」

他眨眨眼，然後看著我，露出謹慎的微笑，「謝謝。」

真的嗎？我好想追問下去，因為你看起來也不是十分開心。

他搖下車窗，開了一道小縫。「很抱歉，」他說道，「我在想像妳的聖誕樹待在陌生人家中的場景。妳本來就有了計畫，而且是很美好的構想，千萬不要因為我而改變。」

「嗯，也許那正好也是我的期盼呢。」

卡列博把貨卡駛入某間四層公寓的停車區，他找到一個接近入口的寬敞車位，把車開進去，停妥。「這樣好不好？接下來的這一整年，我會密切注意找出最適合這份禮物的家庭，等到妳回來的時候，我們再一起送過去。」

明年充滿了變數，但我也只能努力隱藏那股不確定感，「萬一我明年不想和你一起出去呢？」

他臉色一陣黯然，害我立刻就後悔了。我原本以為他會酸回來，但我現在也只好想辦法彌補。「我的意思是，萬一你明年沒有牙齒了呢？你這麼愛糖晶棒和熱巧克力。」

他微笑，打開車門。「我告訴妳，接下來的一整年，我一定會刷牙刷得特別勤快。」原本的那股凝重之氣也瞬間消逝。

我帶著微笑下車，走向貨卡後方。這間公寓的多數窗戶都一片漆黑，但也有少數掛上了聖誕節燈飾。卡列博與我在後方會合，他打開了車尾門，剛好遮住了山艾初中的保險桿貼紙。他抱住樹幹往後拉，而我則把雙手伸入枝叢裡一起幫忙。

「好，既然我幫助你改善衛生習慣以及增進字彙能力，」我說道，「還有什麼需要我幫忙的地方？」

他對我展現開懷的酒窩笑容，下巴朝公寓那裡點了一下。「往前走就是了。還有，我等妳把自己的時間騰空出來幫我搬樹。」

我走在前面，一起把聖誕樹搬到了公寓的入口。我閉上雙眼，哈哈大笑，不敢相信我差點把心裡的話講出來，我回頭望著他，終究還是忍住沒說，「這已經是我努力騰出的時間了。」

10

電梯空間太過狹小，幾乎沒有辦法讓聖誕樹挺直。卡列博按下三樓按鈕，我們立刻開始向上，電梯門再度開啟，我先鑽出去，然後卡列博把樹送出來、由我在外頭接應。我們把樹扛到走廊的盡頭，他彎曲膝蓋，扣敲最後一間的大門。

窺視洞釘了一個從彩色卡紙剪下來的天使，八成是小小孩的作品，天使手中拿著橫式掛條，上頭寫的是西班牙文的「聖誕快樂」。

有位身著印花洋裝、體格壯碩的灰髮女士開了門，她退後一步，滿是驚喜，「卡列博！」

他開口問好，手裡依然抱著聖誕樹樹幹，「特魯西尤太太，聖誕快樂！」

「路易斯沒告訴我你要過來，而且還帶了聖誕樹！」

「他想要給妳一個驚喜，」卡列博說道，「特魯西尤太太，這位是我的朋友，西耶拉。」

特魯西尤太太看來似乎是要給我一個擁抱，但發現我的雙手真的沒空，她趕緊說道，「真高興認識妳。」就在我們使勁把聖誕樹搬進去的時候，我發現她對卡列博眨眨眼，下巴又朝我點了一下，但我假裝什麼都沒看到。

「我知道妳家裡從來沒有真正的聖誕樹，」卡列博說道，「我想，也許今年妳想要嚐鮮一下。」

這位女士臉紅了，拍了他手臂好幾次。「啊，你這男孩真貼心，好善良！」穿著拖鞋的她，趕緊走到餐廳與客廳兩用的狹小空間的另外一頭，彎下身軀，腹部上的印花也跟著扭曲變形，她從沙發底下拉出基座，「我們連假聖誕樹都還沒買呢，路易斯課業太忙了，沒想到你居然帶來了一棵真的聖誕樹！」

她忙著踢開雜誌，將基座放在角落，而卡列博與我則在一旁合抱著那棵樹，聽她狂讚這味道讓她愛得不得了。

她望著卡列博，撫住胸口，拍了一下。「謝謝你，卡列博，謝謝，謝謝，真的謝謝你。」

有人在另外一頭喊話，「媽媽，我想他已經聽到了。」

有個與我們年紀相當的男生從狹小廊道走出來，卡列博看著他，開口打招呼，「嗨！」

「路易斯，你看看卡列博帶了什麼東西過來！」

路易斯望著那棵聖誕樹，露出微笑，但表情並不自在。「謝謝你特地送過來。」

特魯西尤太太輕撫我的手臂，「妳是不是他們的同學哪？」

我回道，「其實，我住在奧勒岡州。」

「她的爸媽在這裡開設聖誕樹零售場，」卡列博解釋，「這棵樹就是從那裡載過來的。」

「是嗎？」她看著我，「妳是不是在訓練卡列博當妳的外送小弟？」

路易斯哈哈大笑，但特魯西尤太太一臉困惑。

「不，」卡列博望著我，「其實不能這麼說，我們……」

我盯著他，「繼續講啊。」我倒要看看他是怎麼解釋我們的關係。

他露出賊笑，「在這幾天當中，我們成了好朋友。」

特魯西尤太太高舉雙手投降，「我知道，我問的未免也太多了。卡列博，幫我帶點牛軋糖給你爸媽好嗎？」

「當然好啊！」他的表情彷彿像是在沙漠中看到她送來了一杯水，「西耶拉，妳一定要嚐嚐看。」

特魯西尤太太拍拍手，「沒錯！妳也得帶些回去給家人分享，我做了好多呢，路易斯和我等一下還要分送給鄰居。」

她吩咐路易斯去拿些餐巾紙，然後交給我們一人一塊像是花生糖之類的東西，但裡面全是杏仁。我剝了一小塊，塞入嘴裡——好好吃！卡列博已經啃掉一半了。

特魯西尤太太興高采烈，準備讓我們帶走的三明治袋子裡，又被她多塞了好幾塊。她送我們到門口，我與卡列博再次向她道謝，送給我們這麼好吃的牛軋糖。她抱住卡列博久久不放，最後終於打開大門，再次表達感激之意。

我手裡拿著牛軋糖袋，趁等電梯的空檔問道，「所以，路易斯是你朋友？」

他點點頭，「我本來希望不要讓場面變得這麼彆扭，」電梯門開了，我們進入之後，他按下一樓的按鈕，繼續說道，「食物銀行有一份清單，可以讓各個家庭勾選他們所需要的項目。我有時候會負責處理，就順便問某些家庭是否需要聖誕樹，所以我才會拿到他們的地址。我事先問過路易斯，不過……」

「他的表情似乎不是很興奮，」我繼續說道，「他是不是覺得尷尬？」

「他等一下就沒事了，」卡列博回道，「他自己也知道他媽媽很想要聖誕樹。我可以向妳打包票，她是全世界最和藹可親的人了。」

電梯到達一樓，門開了，卡列博示意請我優先出去。

「她對一切都感激在心，」卡列博說道，「從來不會去批評別人，遇到這樣的人，也應該要偶爾滿足一下她的願望。」

回到卡車上之後，我們往高速公路方向前進，準備回去零售場。

我開口問道，「所以你為什麼打算做這樣的事？」我決定就先討論聖誕樹吧，這是能夠讓我們逐步進入私密領域的安全方式。

他走了半條街之後才終於開口，「我想，妳已經把山頂聖誕樹的事都告訴我了……」

我回道，「凡事要公平。」

「我為什麼要做這種事，其實與我知道路易斯日後終能釋懷的原因非常近似，」他繼續解釋，「他很清楚，這全是我的一片赤誠。在我爸媽離婚之後的那一陣子，我的處境與路易斯一樣，媽媽的收入連買小東西給我們都非常困難，更不要說聖誕樹了。」

我對卡列博所知無多，但終於開始越來越了解他，他剛才講的那一段話，我也默默記在心裡了，我問道，「現在還好嗎？」

「好多了。她現在是部門主管，我們也回到了擁有聖誕樹過節的日子。我在零售場買的第一棵樹就放在我們家裡。」他瞄了我一眼，露出微笑，「她還是不肯花太多錢買裝飾品，但她知道在我們的成長過程當中、聖誕樹對我們別具意義。」

我想到了他第一次過來時的那些一元美金小鈔，「但你付錢買了那棵樹。」

「我沒有出全部的錢啦，」他哈哈大笑，「我只是想要讓我們家能買到更大棵的聖誕樹。」

我想要問他妹妹的事，不過，他凝望擋風玻璃的側臉看起來好平靜。海瑟說得沒錯，無論這裡會上演什麼故事，都不可能會撐過聖誕節。要是我喜歡與他在一起，為什麼要搞砸呢？開口詢問只會讓他再次關閉心房而已。

或者，老實說，我不想知道答案。

「今天晚上我們一起完成了任務，我好開心，」我開口說道，「謝謝你。」

他笑得開懷，打了方向燈，朝高速公路出口的方向而去。

❖ ❖ ❖

卡列博告訴我，這個禮拜，他會再來零售場一趟。他的卡車開進來的那一刻，我並沒有出去迎接他，反而留在「大腳趾」裡面不動聲色，我多麼盼望他能夠再次到來，但我並不想讓他知道這一點。我的心中不免有些幻想，也許他再度來訪的時間並非是我們見面的隔天，可能是因為他也想要隱藏相同的熱切期盼。

他早該找到我了，但卻遲遲沒有出現，我朝外頭偷瞄了一下，安德魯正在對卡列博講話，而且他為了加強語氣，還頻頻伸出食指朝地面戳個不停。卡列博繃著臉，目光定在安德魯後面的某處，雙手深插在口袋裡。安德魯朝我們的拖車猛力一指——爸爸正在裡面與布魯斯叔叔通電話——卡列博立刻閉眼，雙臂無力垂落。不久之後，安德魯走進聖誕樹樹堆裡，看他那樣子，就算他推撞聖誕樹我也不意外。

我立刻退到櫃台後面。幾秒鐘之後，卡列博進入「大腳趾」，他不知道我剛才看到他與安德魯在講話，而他現在也裝作若無其事。

「我準備要去打工了，」現在我才知道，原來他居然有辦法裝出酒窩微笑，「不過，我既然經過這裡，當然一定得向妳打聲招呼才是。」

我們獨處不過才一分多鐘，爸爸就進來了，他將工作手套放在櫃台，旋開保溫瓶瓶蓋，準備要補滿咖啡。他頭也沒抬，直接問道，「又來挑聖誕樹？」

「先生，這次不是，」卡列博回道，「今天沒有要買樹，我只是過來向西耶拉打招呼。」

等到保溫瓶裝滿咖啡之後，爸爸面向卡列博，他一手抓住瓶身，另外一手緩緩扭緊瓶蓋，「你長話短說就好，她在這裡可是忙得很，而且還得應付學校作業。」

爸爸從卡列博身邊走過去的時候，還拍了拍他的肩膀，我羞得好想死。我們在「大腳趾」裡面又聊了兩三分鐘，然後，我陪卡列博走向他停車的地方。他打開駕駛座車門，但正準備要進去之前，他的下巴朝遊行海報的張貼處點了一下，那裡正是我們初次相見的地方。

「就是明天晚上了，」他說道，「我會與朋友一起去，妳也應該要出現啊。」

「我會想想。」他希望我要出現？我好想取笑他不夠勇敢，沒膽開口直接邀我出去。不過，我還是和之前一樣，只肯允諾考慮一下。等到他開車離開之後，我準備回到「大腳趾」，面露微笑，一路低頭往前走。

我還沒到櫃台，爸爸已經先走到我的面前。

「西耶拉……」他知道我根本不想聽他接下來要講的話，但他終究得說出口，「我相信他是個好孩子，但如果妳想在這種時候開始發展男女關係，拜託一定要小心。妳有這麼多事情要忙，不久之後我們就要離開這裡，而且——」

「我沒有要發展男女關係，」我立刻回道，「爸，我只是交個普通朋友罷了，別再胡思亂想了。」

他哈哈大笑，喝了一小口咖啡。「妳為什麼不能像以前一樣扮小公主就好？」

「我從來沒有扮過小公主。」

「妳在開什麼玩笑？」他回道，「每次海瑟的媽媽帶妳們兩個去參觀遊行的時候，妳都會穿上最漂亮的洋裝，假扮自己是『冬季皇后』。」

「沒錯！」我繼續嗆他，「是皇后，不是公主，你撫養我的層次高檔多了。」

爸爸在我面前欠身，彷彿在貴族面前致敬一樣，然後，他走向拖車，我進入「大腳趾」，裡面有個人靠在櫃台邊，是安德魯。

我走到櫃台後面，把爸爸的工作手套推到一旁，開口問道，「你剛才和卡列博在那裡講些什麼？」

安德魯回道，「我發現他經常跑來這裡。」

我雙手交疊胸前，「那又怎樣？」

安德魯搖頭，「他買樹送人，妳就誤以為他是大好人，但你根本不知道這傢伙的真面目。」

我本想和安德魯繼續辯下去，他根本不認識卡列博這個人，不過，其實他應該比我更了解他才是。我是不是太傻了？直到現在都不敢當面詢問卡列博那件事？

「如果妳爸爸不希望這裡的工讀生約妳出去，」安德魯說道，「他當然也不該讓卡列博破例。」

「住口！」我回道，「這不關你的事！」

他低頭，「去年是我耍白癡。我在妳的窗前留下那張愚蠢的字條，但我應該要當面問妳才是。」

「安德魯，」我好聲好氣，「這與我爸爸、卡列博，或是其他人都沒有關係，我們不要搞僵工作氣氛，好嗎？」

他望著我，表情變得好嚴峻。「千萬不要和卡列博約會，也別妄想只和他當朋友就好，他不是妳所想像的那種人，妳不要那麼——」

「再講啊！」我瞇起雙眼，要是他敢說我笨，他就不用在這裡工作了。

安德魯閉嘴，悻悻然轉身離去。

11

遊行的那天傍晚，我到了市中心，與海瑟、戴文會合。海瑟的媽媽在遊行委員會工作，央求我們要提前到達。我們才剛走到「登記處」的藍色大帳篷，她就交給我們一大袋的與會者緞帶，以及造冊名單的夾板。大部分的參加團體都已經完成登記手續，但每年總是有某些新團體想要加入，但卻忘了事先登記。她吩咐我們必須要追蹤這些團體的資料。

戴文望著海瑟，「真的假的？我們得做這些事哦？」

「沒錯，戴文，這就是當我男友的好處之一。要是你不喜歡的話……」他指了指從我們面前經過的人群。

她的話語充滿挑釁意味，但戴文卻不為所動，反而在她臉頰輕輕落下一吻。「當然十分值得啊。」等到他親完之後，又對我微微露出賊笑。是的，他有自知之明，有時候他就是會把她惹得很不爽。

「趁還沒有人過來之前，」海瑟說道，「我們去喝咖啡吧，天氣變冷了。」

我們從一堆鬧哄哄的童子軍中間擠了出去，足足過了一個半街區之後，才找到一間遠離遊行路線的咖啡店。海瑟叫戴文進去，自己與我留在外頭等待。

「妳得開口告訴他啊，」我說道，「這樣拖下去，對你們兩個人都不好。」

她仰頭一嘆，「我知道。但他這學期必須得拿到更好的成績才行，我不希望讓他因而分心。」

「海瑟……」

「我這個人最爛了。我知道！我知道！」她本來盯著我的雙眼，但目光隨即飄向我背後的某個地方，「既然說到遲早該處理的事……我看，那個人是卡列博吧。」

我立刻轉身，張望對街，卡列博與其他兩個人靠坐在公車候車亭的座椅上面。其中一個似乎是路易斯。我希望在戴文買完咖啡出來之前，我已經能夠鼓起足夠的勇氣走過去找他。

有台公車轟隆隆駛來，我好擔心自己錯失了機會。等到它開走之後，卡列博依然與朋友坐在那裡，開心談笑。他猛搓雙手，然後塞入外套口袋裡。戴文出來了，將咖啡送到我面前，但我卻搖搖頭。

「我臨時改變計畫了，」我告訴他們，「就你們兩個人去處理報到手續，可以嗎？我等一下再去找你們會合。」

海瑟回道，「沒問題。」戴文卻嘆了一口氣，對於我中途落跑、但他卻得留下來處理遊行工作，顯然是很不爽。不過，在他開口抱怨之前，海瑟卻盯著他，開口說道，「反正就這樣！」

我從咖啡店走出來的時候，兩手各拿了一杯熱飲，過馬路的時候，特別放慢腳步，以免潑濺出來。就在我快要走到卡列博面前、只剩下幾碼的時候，我發現有個身著遊行樂隊白色制服的高個子男生正好下車，身旁有個年紀比他稍長的女生，身著啦啦隊制服，胸前印有鬥牛犬吉祥物圖案。

另外一名帶著豎笛的樂隊成員朝他們小跑奔去，大喊了一聲，「傑里邁亞！」

卡列博的注意力從身旁的朋友轉移到了樂隊成員。傑里邁亞打開後車廂，拿出附有揹帶的小鼓，關上車門之後，將揹帶上肩，又把兩根鼓棒塞進屁股口袋。

我放慢腳步，因為已經越來越靠近候車亭座椅。卡列博依然盯著樂隊成員與那名啦啦隊隊員。那台汽車繼續往前開，我看到裡面的女駕駛向外傾身，抬頭望著卡列博。他對她露出遲疑微笑，然後又低下了頭。

那台車開走了，我聽到豎笛手提到自己要在遊行後與某個女孩見面。當他們經過候車亭座椅前面的時候，傑里邁亞回頭望了一眼卡列博，其實我也很難確定是不是我誤判，但我覺得他們兩人的臉龐似乎都有些哀傷。

那個啦啦隊隊員向前一步，抓住傑里邁亞的手肘，催促大家快走。卡列博一直盯著他們，終於看到了我。

他開口說道，「妳真的出現了。」

我把其中一杯熱飲交給他，「你似乎很冷。」

他喝了一小口，又伸手掩嘴，因為他差點哈哈大笑，他喝下去之後，對我開口，「是薄荷摩卡，絕對沒錯。」

我回道，「而且也不是那種廉價品。」

路易斯與另外一個人同時傾身向前，緊盯著我後方街道。原來十字路口停放了一台粉紅色與白色相間的長型敞篷車，有人打開並扶住了後座車門，某名身著藍色閃亮長禮服與淺藍色肩帶的高校女生被攙扶進入車座。

我問道，「那是不是克里絲蒂．王？」我回想起小時候，每年都有好幾個禮拜會在這裡念小學，而克里絲蒂總是讓我感覺自己被排拒在外，她說，我不算是真正的加州人。想必她的個性一定有了一百八十度的大轉變，才能贏得「冬季皇后」的頭銜，或者，取勝的關鍵應該是她身穿藍色禮服的超美麗姿態吧。

「各位，今天是個美好的遊行日，」路易斯講話的語氣像是個怪裡怪氣的主持人，「真的是太美好了！今年的『冬季皇后』絕對是個辣妹，我想聖誕老公公一定把她歸在好孩子那一邊，『非常』好名單的第一名。」

坐在路易斯身旁的那個男生爆出大笑。

卡列博開玩笑推了他們一下，「喂，放尊重一點，她是我們的『皇后』。」

我開口問道，「你們到底在幹嘛？」

我不認識的那個男生說道，「這是遊行的講評啊。很奇怪，每年都沒有電視轉播，所以我們就為這座城市出點力。對了，妳好，我是布蘭特。」

我伸出空著的那隻手，「我是西耶拉。」

卡列博一臉尷尬望著我，「這是我們每年的傳統。」

布蘭特指了我一下，「妳就是聖誕樹女孩，我早就知道妳的事了。」

卡列博喝了一大口熱飲，聳肩，佯裝事不關己。

「路易斯，我們又見面了，真開心。」

「我也是。」他的聲音很柔和，似乎摻雜了些許的扭捏不安。有個男人正好從我們面前走過去，他的某隻鞋子的鞋帶鬆了。路易斯看到之後，立刻精神大振，「各位觀眾，讓我們聽聽『潮男俱樂部』怎麼說。一腳鞋帶要綁緊，另外一腳的鞋帶要鬆開，如果你很酷，一定要趕快跟上這股潮流。像我身旁這位先生呢？就實在落伍了。」

布蘭特接口，「這位潮男，千萬別摔倒！」那個男人回頭，布蘭特微笑，還對他揮揮手。

大家坐下來，看著路人來來往往，沉默了好幾秒鐘之久。卡列博又喝了一口飲料，我慢慢往後移動。

「妳要去哪裡？」他開口了，「留下來啊。」

「不了，我不想打擾你們的轉播工作。」

卡列博看著他的朋友，他們正在進行某種男性之間的無言式溝通，然後，他又面向我。「哪有，我們玩得很開心啊。」

布蘭特伸出雙手，作勢要把我們趕走。「你們這兩個小孩滾一邊，自己去玩啦。」

卡列博與他朋友互相擊拳致意，然後，帶著我走向遊行路線。「妳特地買飲料給我，我還是得再次說聲謝謝。」

我們漫步街頭，兩旁有許多商店因遊行群眾而延長了營業時間。我轉頭看著他，希望能夠再次延續剛才的輕鬆話題。他看著我，我們相視而笑，然後又各自轉頭望著前方。我覺得自己與卡列博之間的互動好詭異，充滿了不確定性，十分尷尬。

我終於還是講出盤據心頭的問題，「剛才那男的是誰？」

「布蘭特嗎？」

「我問的是樂隊鼓手。」

卡列博喝了一小口飲料，我們沉默不語，繼續往前走了幾步，最後，他開口了，「傑里邁亞，是我的老朋友。」

「他喜歡參加遊行樂隊，也不想和你們玩講評遊戲？」我問道，「他怪怪的。」

他露出微笑，「不是，應該不是啦。但就算他有空，也不會和我們在一起鬼混。」

我遲疑了好久，才開口追問，「是不是有什麼隱情？」

他立刻給了我答案，「西耶拉，說來話長。」

顯然我是在刺探隱私，不過，要是連個簡單的問題都沒辦法開口，就連基本的朋友也不用考慮了吧？而且我也不是隨口亂問，明明就與發生在我面前的事件有關。連這種小事都會讓他噤聲不語，我也不知道自己是不是還需要和他攪和在一起。以前我就算遇到沒這麼嚴重的狀況，也早就掉頭走人了。

「如果你想回去找你朋友的話，就趕快回去吧，」我說道，「反正我得去幫忙海瑟。」

「但我比較想要跟妳在一起。」

我停下腳步，「卡列博，我覺得你今天晚上應該要和你朋友在一起才是。」

他閉上雙眼，猛力搔抓頭髮，「再給我一次機會。」

我望著他，等待他的解釋。

「傑里邁亞曾經是我最要好的朋友。後來，出事了，我想妳多少聽到了一些傳聞，而他的爸媽不希望他繼續和我往來。他姊姊算是導護吧——他媽媽的迷你版——也不知道怎麼搞的，她隨時隨地都會出現在他身邊。」

我腦中再次浮現傑里邁亞媽媽開車時望著卡列博的表情，還有他姊姊趨前把他拉到人行道旁邊的那一段畫面。我還想要追問更多的細節，但他必須要有意願講出口，如果我們之間的關係想要更進一步，唯一的方法就是由他主動對我敞開心房。

「如果妳想知道當初出了什麼事，我一定會告訴妳，」卡列博說道，「但現在沒辦法。」

「好，那盡快就是了。」

「不要在這個地方就是了。這裡在舉行聖誕遊行！而且我們手上還有薄荷摩卡！」他望著我後面的某個地方，露出竊笑，「反正，因為有樂隊遊行，妳可能也沒辦法完整聽到我講了些什麼。」

遊行樂隊彷彿事先與他套好招一樣，突然在這時候開始大聲演奏〈小小鼓手〉的打擊樂版本。

我只能大吼，努力蓋過他們的音量，「知道了！」

我們看到海瑟與戴文站在遠處，與遊行隊伍前端相隔了一個街區，戴文把夾板緊貼在胸前，宛若把它當成了某個慰藉品一樣，而海瑟則怒氣沖沖盯著他。

我問道，「怎麼了？」

「那個『冬季皇后』向他要電話號碼！」海瑟一股腦脫口而出，「而我就在站在他旁邊！」

戴文在偷笑，我也差點對他回笑了一下。克里絲蒂．王依然完全沒有改變。而且，我不禁開始懷疑，海瑟一直嚷嚷著要與戴文分手，不過也就是……嚷嚷而已。她必須要在他身上找到某種強烈的感覺，即便是嫉妒之類的情緒也好。

卡列博與我跟著他們往前走，坐在人行道上觀看遊行的某兩個家庭之間，剛好剩下一小截空位，海瑟率先一屁股坐下去，我也擠到她旁邊，戴文依然站著，而卡列博對他擊拳致意之後，也挨在我身邊坐下來。

「她真的開口要他的電話嗎？」

「沒錯！」海瑟咬牙切齒，「我就站在旁邊！」

戴文傾身向前，「不過，我又沒給她，我告訴她我已經有女友了。」

海瑟回道，「你女友已經快被氣跑了。」

卡列博刻意補了一句，「這個『冬季皇后』長得很正啊。」

我聽出他語氣裡的揶揄之意，但我還是伸出手肘推了他一下。「不好笑。」

他微笑，眼睛眨呀眨的，狀似無辜。就在這個時候，啦啦隊從轉角出現了，後頭跟著鬥牛犬遊行樂隊，海瑟來不及回話，戴文也沒辦法繼續犯蠢挖坑給自己跳，群眾們跟著他們所演奏的〈聖誕搖滾〉一起唱和。

我望著傑里邁亞經過我面前，鼓棒不斷啪嗒作響。我們一起隨著節奏拍手，但我卻慢慢停下動作，端詳卡列博。其他人都已經開始盯著遊行隊伍裡的下一組團體，但卡列博依然看著樂隊，鼓聲逐漸遠離，而他的手指卻依然對著膝蓋敲打節奏。

❖ ❖ ❖

卡列博把另外一棵聖誕樹又塞進貨卡、關上車尾門，他開口問道，「妳確定自己有空嗎？」

老實說，真的沒空。每年遊行結束之後，零售場的工作量總是讓人喘不過氣來。不過，我還是央求媽媽讓我與卡列博一起把這棵聖誕樹送過去，告假三十分鐘就好。

我回道，「完全不需要擔心。」但這時候又有兩台車駛入了零售場，他瞄了我一眼，充滿懷疑。「好吧，也許現在不是非常方便，但我就是想幫忙。」

他露出了酒窩笑容，走向自己的車門，「太好了。」

我們開到了某間幽黑的小屋前面，車程不過只有幾分鐘而已。下車之後，他抱住聖誕樹的中段，我則抓住樹幹，兩人爬了幾級的水泥階梯，調整了一下抓握位置。我一聽到卡列博按下電鈴之後的聲響，立刻感受到自己心跳加速。能把聖誕樹賣給客人，一直讓我覺得十分享受，不過，抱著聖誕樹、讓某人驚喜一下，卻是全新層次的興奮體驗。

大門立刻打開，某個怒氣沖沖的男人瞪了一下卡列博，然後又看著聖誕樹，有個滿臉倦容的女子站在他身旁，也以同樣的眼神瞪著我。

「食物銀行那邊說你會早一點過來，」他厲聲斥責，「都是你害我們錯過了遊行！」

卡列博目光低垂，隨即抬起頭來，「很抱歉，我告訴他們，我們會在遊行之後過來。」

我張望屋內，客廳裡放置了兒童遊戲圍欄，裡面有個包尿布的嬰兒正在熟睡。

「他們可不是這麼說的，所以他們騙人嗎？」這次開口的是裡面的那名女子，她把門又推開了一點，下巴朝屋內點了一下，「給我放進台座就是了。」

卡列博與我把樹扛進去，現在它的重量彷彿比先前重了十倍，然後，在他們嚴厲目光的注視之下，我們把它豎直，調整了幾次之後，讓它盡量能夠挺立在客廳的黑暗角落。我們後退，與那個男人一起端詳聖誕樹，他沒有表示意見。於是，卡列博對我示意，跟他一起退到大門口。

卡列博說道，「我衷心期盼兩位聖誕快樂。」

「才剛開始過節就諸事不順，」那女子喃喃抱怨，「我們為了等這東西而錯過了遊行。」

我打算轉過身去抗議，「我們聽到妳——」

卡列博抓住我的手，硬是把我拉向車門。「我們必須再次表達深深的歉意。」

我猛搖頭，跟著他走出大門，等到我們上了貨卡之後，我才全發洩出來，「他們根本沒道謝！一次都沒有！」

卡列博發動引擎，「他們錯過了遊行，覺得自己委屈了。」

我眨眨眼，「你在開什麼玩笑？你送給他們免費的聖誕樹耶！」

卡列博倒車，駛入馬路，「我之所以會願意贈送聖誕樹，並不是為了要獲取稱讚。他們有個小寶寶，兩個人應該都累壞了。錯過遊行——無論到底是不是誤會——自然會覺得委屈。」

「但你做這件事花的是自己的錢，還有時間……」

他望著我，露出微笑，「難道妳只是因為想要聽到大家稱讚妳有多棒？才去做這樣的事嗎？」

這句話頓時讓我語塞，他也看出來了。他哈哈大笑，然後回頭查看車況，切到隔壁線道。

我喜歡卡列博，每次見到他就越來越喜歡他，但這種心態只會導致災難。這個月底我就要離開了，他則繼續留在這裡，我們之間沒有說出口的那一切，益發沉重，簡直令人無法承受。

我們回到零售場，卡列博把貨卡停入停車場，但依然沒有關掉引擎。「我只是想要讓妳知道，他們明明得到了免費的聖誕樹、態度卻如此惡劣，我當然心裡有數。不過，我必須懷抱信念，每個人都有心情不好的權利。」

卡列博的貨卡正好停在零售場的陰影地帶，他望著我，我只能看到他昏暗的五官，不過，剛好有某道光線投射在他的眼眸，我知道他在乞求，希望我能夠理解他的想法。

我開口回道，「我同意。」

12

今天是零售場開幕以來最繁忙的一日。我幾乎沒有時間去上廁所，更別說抽出時間吃午餐了。所以我只能趁幫客人結帳的那麼一點空檔、弄了一碗起司通心麵，放在櫃台。卡波老師在早上寄了電郵給我，吩咐我第二天要打電話給他練習法文，不過，這還排不進我的急件事項清單。

而且，今天補貨運達的時間也來得特別早，我們還沒開門，而且根本還沒有工讀生到班。爸爸趕緊打電話給好幾個比較可靠的棒球隊隊員，請他們早點過來，所以，至少還能多幾個人手分擔費力的卸貨工作。

我在早餐前卸下了好多聖誕樹，疲憊不堪，但我卻對於這額外的工作量心懷感激，生意似乎有了起步，這間零售場明年可能還有一線生機。

我與媽媽一起站在收銀台前面，我伸手指向外頭的藍姆西夫婦，想要表演一下聖誕樹零售場的即席講評，就像是卡列博與他朋友在遊行時所玩的遊戲一樣。

「各位，看來藍姆西夫婦正在爭執不休，到底要不要多付一點錢買下這棵美到不行的白松。」

媽媽望著我，彷彿覺得我腦袋有問題，但我還是繼續講下去。

「這種情節以前也曾經上演過，」我繼續說道，「我現在就可以告訴各位，藍姆西先生最後一定會遷就太太，這應該不算破梗吧。就算是藍姆西先生說破了嘴，她就是不愛藍雲杉。」

媽媽哈哈大笑，示意我要小聲一點。

「看來他們馬上就要做出決定了！」

現在，我們兩個人都盯著我們家樹叢裡所上演的場景。

「藍姆西太太激動揮舞雙臂，」我繼續說道，「對著她先生大叫，要是想帶聖誕樹回家的話，就不要再三心二意了。藍姆西先生正在比較這兩棵樹的葉子。各位，哪一棵會勝出？最後的結果是？好……原來……是……白松！」

媽媽與我同時雙手一攤，然後，我對她擊掌叫好。

我回道，「藍姆西太太這一回合又贏了。」

這對夫婦進入了「大腳趾」，媽媽憋笑，趕緊逃離現場。當藍姆西先生把最後一張二十元美金鈔票放在櫃台的時候，我們彼此交換會心的微笑。我不喜歡看到有人離開這裡的時候帶有任何的沮喪情緒，所以我告訴藍姆西先生，他們挑的樹十分漂亮，白杉針葉的持久度遠勝其他樹種，在他們的孫子孫女到來之前，絕對不需要拿出吸塵器清除落葉。

藍姆西先生正準備把皮夾放回去的時候，卻被他太太拿走、抽出十元美金鈔票給我當小費，感謝我的幫忙。兩人離開的時候都十分開心，只不過，她好聲好氣在數落他，說他的表現太小氣了，這樣對他不好。

我望著那張十元美鈔，腦中有個模糊的想法逐漸成形。我很少收到小費，因為大多數的人只會把小費賞給那些幫忙把樹送上車子的工讀生。

我傳訊給海瑟：今晚能不能在妳家烤餅乾？我們的拖車是溫馨的家外之家，但它的內裝並不適合熱愛烘焙的狂熱份子。

海瑟立刻回訊：沒問題！

我馬上傳訊給卡列博：要是你明天打算送樹的話，我也想跟。除了我的迷人性格之外，我還可以貢獻某項物品。對了，我猜你從來沒有在句子裡使用過「迷人」這個字吧。

幾分鐘之後，我就收到卡列博的回應：的確沒有。另外，歡迎一起來。

我收起手機，自顧自微笑。一想到能有更多的時間與卡列博相處，就可以讓我懷抱充滿期待的心情、度過剩餘的下午時光與整個夜晚，保持精神奕奕。但當我準備打烊算錢的時候，我突然意識到這次見面的重點不只是聖誕樹與餅乾而已。如果他現在就能讓我如此開心，那麼，想必接下來的發展更是一發不可收拾，我必須知道他與他妹妹之間出了什麼事。他老實承認有狀況，但是就我目前對他的了解，還有我所目睹的一切，我實在無法想像，那起事件果真就跟某些人所認定的一樣恐怖。

至少，我希望事實不是如此。

❖ ❖ ❖

第二天好漫長，時針移動的速度比平常慢了一半。海瑟與我昨晚熬夜聊天做餅乾，戴文也正好及時趕來，充當添加糖霜與糖粉的助手，而且還幫我們試了五、六塊餅乾。現在，我有了與戴文相處的親身經驗，沒錯，他講的事超無聊，但是他為餅乾加工的技巧幾乎可以彌補他的口拙了。

我向某位顧客解釋要如何從聖誕樹上的不同顏色緞帶判斷價格，講解完畢之後，他進入樹叢，開始四處找樹，我則抱住其中一棵聖誕樹，閉上沉重的眼眸，閉目養神了一會兒。我一睜開眼睛，就看到卡列博的卡車開進來，突然覺得整個人完全清醒了。

爸爸也注意到了那台貨卡。我進入「大腳趾」的時候，他在收銀台那裡堵住我，頭髮上黏了好幾根針葉。

他開口問道，「還在和這個男生攪和？」他的語氣也太明顯了，令人好尷尬。

我彈掉他肩膀上的針葉，「這男生的名字叫卡列博，」我繼續說道，「而且他不是這裡的工讀生，所以你沒辦法嚇唬他，害他不敢跟我講話。而且，你必須承認，他是我們最好的客人。」

「西耶拉……」他的話還沒有講完，但我想要讓他知道，我對於我們的處境並非一無所知。

「我知道，我們在這裡只會待幾個禮拜而已，你不需要提到這一點。」

「我只是不希望妳滿懷期待，」他繼續說道，「或者，就這件事來說，我也不想讓他希望落空。妳要記得，我們甚至連明年會不會回來都不知道。」

我的喉嚨哽住了，硬是吞了好幾下口水。「我接下來要講的話，你可能會覺得莫名其妙，」我繼續說道，「我很清楚自己平常不是這樣，不過……我喜歡他。」

任何人要是看到他現在面目扭曲的模樣，一定以為我剛才講出自己懷孕了。爸爸搖搖頭，「西耶拉，一定要——」

「小心是嗎？你就只想跟我說這種老掉牙的話？」

他別開目光。諷刺的是，他與媽媽也是這樣認識的，就在這間聖誕樹零售場，只是我沒有說出口。

我在他頭髮上又拔去一根針葉，然後，吻了他的臉頰。「我希望你對我有信心，我大多數的時候都很理性。」

卡列博走向櫃台，將他要買的下一棵聖誕樹的價格標籤放在上面。「你們這一家人今晚好和樂，」他開口說道，「上次我來這裡的時候就注意到了。」

爸爸對卡列博微笑，拍拍他的肩膀，隨即轉身離開，完全沒看到他在低聲嘀咕。

我開口解釋，「他的這種舉動，表示你贏得了他的心。」我從收銀台下方的餅乾罐裡面拿了一塊雪橇狀的餅乾，卡列博挑眉看著我。「不准再流口水了，」我說道，「這些餅乾是為了要留給今晚收到聖誕樹的那一家人。」

「等等，妳特地為他們做餅乾？」我發誓，他的微笑彷彿照亮了整間「大腳趾」。

等到我們把聖誕樹與餅乾送過去之後，卡列博問我，想不想吃這裡最美味的鬆餅？我答應了，他把車開到某家二十四小時營業的快餐店，這裡最後一次重新裝潢可能是七〇年代中期的事了吧。十幾個包廂座位區，搭配橘色系的燈光，照亮了長排窗戶。裡面只有兩名客人，各據餐廳一端。

我開口問道，「在這裡用餐，是不是得先打破傷風預防針？」

「如果你想在城裡吃到和妳的頭一樣大的鬆餅，也就只有這地方囉，」他繼續說道，「少裝了，享受這種巨無霸鬆餅，一定也是妳的夢想吧。」

我們進入快餐店，收銀台那邊有張以牛皮膠帶貼住的「請自行入座」的手寫板。我跟著卡列博走到某個靠窗包廂座位，看到天花板磁磚上頭以魚線懸掛的聖誕節紅色裝飾品。我們坐下來，綠色塑膠椅皮歷史悠久，看來比較可能是上一個世紀的產品。我們點了「世界聞名」的鬆餅之後，我的雙手貼靠桌邊緣，凝望著他。他拿起擺放在餐巾紙旁邊的大型糖漿罐，以大拇指推開瓶蓋，又把它闔上。

「現在沒有遊行樂隊，」我催促他，「要是我們現在能好好聊一下，我想我應該可以聽得很清楚。」

他停下把玩糖漿罐的動作，整個人靠在座位背墊。「妳真的想聽？」

老實說，我沒有答案。他知道我已經聽到了謠言，但我可能還沒有聽到真相。如果實際狀況沒那麼糟糕，他應該要趁這個機會告訴我才是。

他開始摳大拇指的角質。

「你可以先跟我解釋一下，為什麼你沒有用新梳子？」我知道這個笑話很遜，但我希望他明白我努力表現的誠意。

「我今天早上用了，」他伸手梳整了一下頭髮，「也許妳買的梳子有問題。」

「這一點我很懷疑。」

他喝了一小口水，沉默了好一會兒之後，他問道，「妳聽到了什麼樣的傳言？可以先告訴我嗎？」

我咬住下唇，思量該怎麼啟齒才好。「照實說嗎？」我繼續說道，「嗯，我聽到你拿刀攻擊妹妹。」

他閉上雙眼，他的身體正在前後搖晃，只是動作細微得讓人幾乎無法察覺。「還有呢？」

「她已經不住在這裡了。」我甚至開始盯著他雙手旁邊的餐巾紙上面的奶油刀，這感覺真糟糕。

「她住在內華達州，」他說道，「跟我們的爸爸住在一起，今年剛上中學。」

他的目光飄向廚房，搞不好是希望女服務生能夠過來、正好中斷我們的談話，或者，也可能是希望能夠好好講完，不要被任何人打斷。

「然後，你跟你媽媽一起住。」

「對，」他繼續說道，「當然，一開始的時候並不是這樣的。」

女服務生將兩個空馬克杯放在桌上、倒滿咖啡，我們各自抓了奶精與糖包。

他一邊講話，同時依然忙著在攪拌飲料。「我爸媽感情破裂的時候，我媽媽非常痛苦，不但十分消瘦，而且也經常以淚洗面，我猜，這種反應很正常。他們在談離婚的時候，我與艾比跟她住在一起。」

他喝了一小口熱飲，我捧起杯子，吹開熱氣。

「我們被送到律師那裡，某些案件的確會依這種方式處理，」他又喝了一小口咖啡，然後，雙手捧杯，盯著它不放，「一切，就是從那時候開始的。是我提議我們應該要與媽媽在一起，我說服艾比，這是我們的責任，我說媽媽需要我們，而爸爸一個人也能過得好好的。」

我喝了一口咖啡，他依然盯著自己的馬克杯。

「但他其實狀況不好，」卡列博說道，「我發現一陣子了，但我一直希望他能夠振作起來。我在想，要是我天天都會見到他，發現他受傷與崩潰的程度與我媽媽不相上下，我搞不好會選擇跟爸爸。」

我問道，「你為什麼認定他狀況不好？」

女服務生送來了餐點。鬆餅真的和我們的頭一樣大，當初卡列博挑選這裡的時候，八成是期盼能夠舒緩我們的對話氣氛，但完全沒有效果。不過，這兩盤鬆餅還是讓我們的談話得以中斷了一會兒。我倒了糖漿，拿起奶油刀與叉子，將它對切開來。

「在他們離婚之前，我們家每逢這個季節就會陷入瘋狂狀態，」他繼續說道，「我們過節過得超級認真，從裝飾到我們的教會事務，一點都不馬虎。有時候，就連湯姆牧師也會跑來和我們一起唱聖誕歌曲。不過，爸爸搬到內華達州之後，我發現他什麼都不碰了。去他家的時候，屋內昏暗陰沉，不只是沒有聖誕節燈飾而已，就連他家平常使用的燈泡也壞掉了一半。甚至，他搬到那裡已經好幾個月了，搬家的紙箱根本沒拆封。」

他吃了兩口鬆餅，一直低頭看著自己的盤子。我想要告訴他，講到這裡就夠了，無論到底發生了什麼事，我喜歡現在坐在我面前的卡列博。

「我們第一次去了爸爸的住處之後，艾比就一直拿爸爸的事吵我。她對我十分生氣，因為她看到爸爸生活的慘況，都是因為我做出決定、選擇與媽媽在一起。而且她緊追不捨，還對我這麼說，『看看你對他做了什麼好事。』」

我想要告訴卡列博，他爸爸的狀況並不是他的責任，不過，他自己一定也很清楚這一點，我相信他媽媽一定也提醒過他無數次了，至少，這是我的期盼。「你那時候幾歲？」

「我八年級，艾比六年級。」

「我還記得我六年級時的模樣，」我繼續說道，「她應該想要努力面對新生活，調適一切。」

「不過，當她無法調適的時候，卻怪罪到我頭上。我也很自責，因為她的指控也部分屬實。但我才八年級，我怎麼知道最適切的方案是什麼？才能兼顧到每一個人？」

我回道，「也許沒有最適切的方案。」

卡列博在這幾分鐘都低著頭，而一聽到我講出這句話，他終於抬頭，勉強擠出微笑，雖然他的表情幾乎幽微難辨，但我想此刻的他已了然於心，我的確想要理解他的處境。

他喝了一小口咖啡，但卻是傾身貼杯，而不是以雙手捧杯，我從來沒看過他這麼脆弱的模樣。「傑里邁亞是我多年的朋友——我最好的朋友——他知道艾比因為這件事而有多麼怨我，他叫她『西部壞女巫』。」

「果然是好友。」我講完之後，又繼續切鬆餅。

「他甚至還在她面前直接講出這個綽號，當然，她就更火大了。」他笑了一下，但收斂了笑容之後，卻望向窗外，深色玻璃上的映影看起來好冷峻。「有一天，我爆發了，我實在沒辦法繼續承受這樣的指控，整個人大爆炸。」

我又起一小塊鬆餅，糖漿不斷滴流而下，但我遲遲沒有送到嘴邊。「什麼意思？」

他望著我，全身上下的反應只有傷痛與悲戚，已經完全看不出有任何殘留的憤怒。「我再也聽不下去了，我不知道該如何形容那樣的感覺。某天，她對我大吼大叫，內容千篇一律，我毀了我們爸爸的一生，她的也是，媽媽的也跟著遭殃。我腦袋裡的某個開關……突然啟動了，」他聲音顫抖，「我跑進廚房，抓了菜刀。」

我的叉子在盤子上方定住不動，目光緊盯著他的雙眼。

「她一聽到聲音，立刻衝向自己的房間，」他繼續說道，「我也追過去。」

他一手拿著馬克杯，另一手則變得僵硬，不斷摺餐巾，蓋住了那把奶油刀。我不知道他有沒有意識到自己的動作，如果是的話，是因為我的關係？還是因為他自己？

「她進入了自己的房間，猛力甩門……」他往後靠，閉眼，雙手放在大腿，餐巾紙也捲展而開，「我拿刀不斷刺她的房門，我不想傷害她，我這輩子絕對不會傷害她。但我就是沒有辦法停下動作。我聽到她大哭大喊，打電話給我媽。最後，我終於丟下刀子，癱坐在地板上。」

他講話的音量宛如呢喃低語，或者，那只是我腦海中的錯覺。「啊，我的天哪。」

他抬頭看我，雙眼充滿乞求，請諒解我。

「所以你真的有做。」

「西耶拉，我可以在妳面前發誓，在此之前，我從來不曾那樣發飆，之後也沒有再犯。而且，我絕對不會傷害她，我甚至沒去注意她的房門到底有沒有上鎖，因為那不是重點。我覺得我只是需要讓大家知道我自己也十分受傷而已。在我的一生當中，我從來不曾對任何人施暴。」

「我還是不懂你為什麼要這麼做。」

「我覺得我只是想嚇她，」他說道，「我的企圖只有如此而已，她真的被嚇到了，我也是，我媽媽也一樣。」

我們兩人都不發一語，我的雙手放在大腿上，十指緊緊交纏，全身緊繃不已。

「所以艾比搬去和我爸爸一起住，我則留在這裡面對餘震與所有的流言。」

我已經停止呼吸。我不知道要如何把我先前所認識的、而且喜歡與其一起廝混的那個卡列博，與我面前這個崩潰之人交疊在一起。「你還有與她見面嗎？我指的是你妹妹？」

「我去探望我爸爸、或是她來這裡看我們的時候，我們都會見面。」他望著我的盤子，一定注意到在這幾分鐘當中、我根本沒有吃任何一口鬆餅。「後來，將近有兩年的時間，只要她一回來，我們就去找家庭諮商。她說她能夠諒解，也原諒了我。我想，她的答案很真懇，她個性很棒，妳一定會喜歡她。」

我終於吃了一口鬆餅。我已經完全不餓了，但我也不知道該說什麼是好。

「我其實有點期盼她能夠回心轉意搬回來，但我不可能開這個口，」他繼續說道，「這必須是她自己的期盼。而且她也喜歡內華達州，現在已經有了新生活，交了新朋友。如果，真的有所謂的撥雲見日，那麼我真的很替我爸爸感到慶幸，能夠有她在身邊作伴。」

「其實也未必一定要撥雲才能見日，」我回道，「但你能看見陽光，真是太好了。」

「不過，我媽媽依然受到了很大的衝擊。都是因為我——這的確得算在我頭上——她的另外一個小孩搬走了，」他繼續說道，「這些年來，我媽媽無法親眼見證女兒的成長過程，這都是我的錯，它將跟隨我一輩子。」

看到他咬緊下巴的那個模樣，我知道他一定為此而多次垂淚。我開始回想他剛才告訴我的一切，對他媽媽與妹妹來說，想必飽受煎熬，他又何嘗不是。我知道這段過往應該會嚇到我，但也不知道為什麼，其實我不怕，因為我真心相信他不會傷害任何人，他一切的所作所為，讓我對他充滿信心。

我開口問道，「你爸媽為什麼離婚？」

他聳肩，「我相信一定有許多我不知情的理由，不過，我媽媽曾經告訴我，只要她在他身邊，她總是神經緊繃，等著他指正她哪裡做錯了。我想，他們在一起的那段時光當中，她一定經常覺得自己很糟糕。」

「你妹妹呢？」我問道，「你爸也會這樣對待她嗎？」

「怎麼可能！」卡列博終於哈哈大笑，「艾比會立刻嗆回去。他要是敢對她的穿著有什麼意見，她就會咄咄逼人，質疑他有雙重標準，最後只能把話收回去道歉。」

現在輪到我哈哈大笑，「跟我一樣嘛。」

女服務生過來為我們添加咖啡，我看到卡列博的額頭又出現了憂心的皺紋。

他抬頭望著女服務生，「謝謝。」

等到她離開之後，我才開口問道，「傑里邁亞又怎麼會捲進來？」

「他運氣不好，出事的時候，他正好在我家，」他又開始凝望窗外，「而他害怕的程度與我們不相上下。他回家之後，把這件事告訴了他的家人，其實說出來沒關係，不過，他媽媽卻立刻喝令，我們再也不能做朋友了。」

「她還是不肯讓你們見面？」

他的指尖在桌緣遊走，「我要是怨她，就是我的不對了，」他說道，「我知道自己不是危險人物，但她只是在保護自己的兒子而已。」

「她自己覺得她在保護他，」我回道，「這兩者畢竟不一樣。」

他的目光從窗戶飄到了我們中間的桌面，瞇起雙眼。「至於她把這件事轉告其他爸媽的說法，我就真的很難釋懷，」他繼續解釋，「她逼得我無路可走。妳之所以會在好幾年後還聽到這件事，全都是因為他家人的關係。要是說我沒有受到重傷……絕對是謊言。」

我回道，「連我都聽說這件事，也真的太離譜了。」

「而且她也講得太誇張，」他說道，「很可能是為了要取信其他爸媽，她絕非反應過度。所以，對於像是安德魯之類的人來說，我依然是個拿刀亂揮的瘋子。」

直到這時候，我才發現他依然心中含怒。

卡列博閉眼，伸手示意到此為止。「我必須把剛才的話收回來，我不希望妳對傑里邁亞的家人有偏見，而且我也不確定她是否真的誇大其詞。只不過，要是這起事件能有不一樣的說法，狀況就會改觀了。」

我想到了海瑟對我提出的警告，還有，當我把這件事告訴瑞秋與伊莉莎白的時候，她們的下巴簡直快要掉下來了的那個模樣。大家出現強烈反應的速度都好快，根本還沒聽到卡列博怎麼說，就已經有了自己的成見。

「就算是她這麼說，也沒關係，」卡列博說道，「她當然有為自己辯護的理由，每個人都有自己的理由，但這也不會改變我當初自己惹禍的事實。」

我回道，「但這樣不公平。」

「有好長一段時間，只要我進入學校走廊，或是在市中心走動，有認識的人望著我，卻不發一語——就算他們的表情寫的是沒事——我也會開始起疑，他們搞不好聽到了什麼，或是心中對我有意見。」

我搖搖頭，「卡列博，我覺得你好委屈。」

「真正荒謬的是，我知道傑里邁亞的個性，我們本來可以繼續當朋友的。他在現場，他目睹一切，我知道他一定很害怕，但他也十分了解我，知道我絕對不會傷害艾比，」他說道，「只是這段時間也拖得太長了。」

「傑里邁亞已經這麼大了，要和你當朋友也是他的自由，他媽媽不能這樣繼續擔心下去，」我回道，「我沒有冒犯的意思，但他的個頭還比你高了好幾英寸耶。」

他發出一聲輕笑，「但她確實很擔憂，他姊姊也一樣。卡珊卓拉簡直是如影隨形，就算他表現出友善態度，她也會立刻把他拉開。」

「要是這種狀況持續下去，你也無所謂嗎？」

他望著我，雙眼無神。「大家愛怎麼想，都是他們的自由，我必須坦然接受，」他繼續說道，「我可以對抗，但太累人了。我也可以自艾自憐，但那是一種折磨。其實，我也可以把它當成是他們的損失。」

無論他怎麼想，但這種狀況顯然依舊讓他疲憊不堪，飽受折磨。

「那是他們的損失，」我伸手過去，輕握他的手，「我知道你期盼我講出更動聽的話，不過，我只想說，卡列博你真的很酷。」

他微笑回道，「西耶拉，妳也很酷，能像妳一樣、了解我的處境的女孩，其實也沒幾個。」

我想要讓氣氛輕鬆一點，「你需要多少個女孩啊？」

「這是另一個問題了，」他的笑容再度消失，「要是那女孩還沒聽說過我的事——我不只得向她一個人解釋我的過往，還得向她的爸媽講清楚。如果他們住在這裡的話，一定會聽到這些流言。」

「你經常得向別人解釋？」

「沒有，」他說道，「因為我從來沒有與哪個人相處得夠久、發現對方值得我吐露心事。」

我倒抽一口氣，我值得嗎？這是他的告白？

我把手抽回來，「是不是因為我馬上就會離開，所以你才對我感興趣？」

他雙肩陡然一沉，又靠在椅背上。「妳要聽實話？」

「這不就是我們今晚會面的目的嘛。」

「對，一開始的時候，我覺得我們應該可以避開那一段過往，純約會就好。」

「但我聽到了流言，」我說道，「你也知道，但依然還是三不五時就過來找我。」

我看得出他在忍笑，「也許是因為妳講話的時候會使用探究那種字眼。」他把雙手放在餐桌中央，手心朝上。

「我想也是。」我伸出雙手，放在他的掌心，今晚，我們兩人都如釋重負。

「不要忘了，」他露出孩童般的燦爛笑容，「妳也給了我超級優惠的聖誕樹折扣。」

「哦，難怪你才會一直回來買樹，」我繼續逗他，「要是我改變心意，開始要算你原價呢？」

他往後一靠，我知道他在拿捏開玩笑的分寸。「看來我之後得付原價了。」

我挑眉看著他，「嗯，我覺得我這個人就是這樣哦。」

他的大拇指輕撫我的指關節，「這就是妳。」

13

我扣好安全帶，卡列博發動引擎，我們離開了快餐店的停車場，他開口說道，「現在輪到妳了，我想聽聽妳徹底抓狂的經驗。」

「我？」我回道，「我總是十分自制。」

看到他的那種笑容，我很開心，幸好他明白我在開玩笑。

我們一路安靜無語，上了高速公路。我凝望對向的車燈，目光隨即飄到市中心外頭的紅雀峰，那令人望之生畏的剪影。我又回頭看著他的側臉，時而開心，時而憂愁，他是不是以為我現在看待他的目光變得不一樣了？

他開口說道，「可是我剛才給了妳一堆攻擊力十足的素材。」

我反問，「是要拿來對付你嗎？」

他沒接腔，我有點不太高興，他八成以為我會幹那種事。也許我們認識彼此的時間真的不夠長久，根本無法產生踏實感……

「我永遠不會做出那樣的事。」現在，他到底要不要相信我，純粹就是他自己的問題了。

車行一英里之後，他終於開口，簡單丟了一句，「謝謝。」

我回道，「我覺得，已經有很多人做過那樣的事了吧。」

「對，所以我再也不想把真相告訴任何人，」他繼續解釋，「他們只願意採信自己的主觀想法，我也懶得解釋，我真正虧欠的對象也只有艾比與我媽而已。」

「其實你也不需要告訴我啊，」我回道，「你大可以——」

「我知道，」他說道，「但我就是想要讓妳知道。」

我們繼續開往零售場，在剩下的路程當中，我們都沒說話，我希望他心頭的負擔已經沒那麼沉重了。當我對朋友說出心底話的時候，總是能夠讓我覺得如釋重負，只有在我信任他們的狀況下，才可能有這樣的結果。現在，他當然也可以信任我。如果他的妹妹都說原諒他了，我為什麼還需要對他有任何的懷疑？尤其，我現在已經知道他有多麼悔不當初。

我們把車停在零售場的停車區，周圍的雪花燈飾已經熄了，但為了確保安全，路燈依然明亮。拖車裡已不見光，所有的窗簾緊緊闔起。

「趁你還沒離開，」我說道，「我想知道一件事。」

引擎沒有熄火，他側頭看著我。

「聖誕節快到了，」我問道，「你會去看你爸爸與艾比嗎？」

他低下頭，但不久之後，嘴邊又露出笑意，他知道我之所以會發問，就是因為我不希望他離開。「今年輪到我媽媽，」他回道，「艾比會過來。」

我不想隱藏自己的雀躍心情，但還是勉強裝作鎮定。「太好了。」

他看著我，「春假的時候，我會過去探望我爸爸。」

「所以他獨自過聖誕節？」

「算是吧，」他回道，「我確定他只有一個人。不過，艾比住在那裡的另外一項好處，就是強迫他要認真迎接假期到來。這個週末，她要帶他出去選聖誕樹。」

「她個性果然非常積極。」

卡列博望著前窗，「明年我就可以與他們一起選樹了，好期待，」他說道，「不過，現在我比較盼望自己能在這裡待到聖誕節的最後一刻。」

「因為你媽媽的緣故？」

我一直在等他說出答案，一秒接著一秒過去了，我的心情越來越沉重。他會不會講出自己想留下來都是因為我？我好想問——我也應該要問——但我就是膽子不夠大。要是他說不是，我這麼自作多情也未免太好笑了。而萬一他說是的話，那麼，我就得老實告訴他，明年很可能會人事全非。

他下了車，迎接冰涼空氣，然後，走到我的車門旁邊，握住我的手、扶我下車。我們緊握彼此的手好一會兒，站得好近，此時此刻，我覺得與他越來越親密，我與別的男生在一起的時候，從來不曾有過這種感受。雖然，我明明知道自己沒辦法在此久待下去，雖然，我根本不知道自己還會不會回來。

我請他明天要回來看我，他說一定。我放開他的手，走向拖車，希望裡面的寂靜能夠平撫我的激動心緒。

❖ ❖ ❖

過去三年來，我都會在海瑟學校的寒假來臨之前、找一天與她一起去上學。一開始的時候，是她狂看電影時的大膽奇想，但我們不知道她學校是否允許這樣的事。我媽媽就打電話去問了一下，由於這所中學的校長曾在我於冬季就讀的小學裡當過老師，所以她毫不介意，她說，「西耶拉是個很乖的小孩。」

海瑟忙著畫眼線，盯著她置物櫃裡的小內鏡，開口問我，「妳在吃鬆餅的時候問他那件事哦？」

「超級大鬆餅，」我回道，「瑞秋叮嚀我，一定要在某個公共場所才能談這件事，所以……」

「他怎麼說？」

我靠在隔壁的置物櫃，「我不是主角，沒有說話的權利。不過，就給他一個機會好嗎？」

「我都讓妳跟他單獨出去了，這應該算給他機會啦，」她蓋回眼線筆的蓋子，「我一聽說你們兩個人像是聖誕老公公與老婆婆一樣、歡歡喜喜將聖誕樹送到這座城市的各個角落，我就覺得當初聽到的謠言一定是太誇張了。」

我回道，「謝謝。」

她關上置物櫃的門，「好，既然你們兩個也正式在一起了，我也該提醒妳一下，這就是我當初為什麼要鼓勵妳要來一小段假期戀愛。」

我們望著人來人往的走廊，看到了戴文，他與他的死黨站在一起，圍了個小圈圈。

我開口問道，「那個『冬季皇后』的事，妳已經釋懷了吧？」

「相信我，我早就讓他跪地求饒了，」她說道，「他嚇得半死。不果，妳看看他嘛！現在應該要跟我站在一起才是，妳覺得他真的喜歡我——」

「妳夠了哦！」我回道，「聽聽妳自己講的這是什麼話。一開始的時候妳想要分手，但妳說不能在過節的時候對他開口。好，他的注意力不在妳身上，妳卻開始垂頭喪氣。」

「我沒有……！等等，垂頭喪氣的意思像是在生悶氣？」

「沒錯。」

「好，我就是垂頭喪氣。」

現在總算一切明朗。重點從來就不是戴文呆頭呆腦，而是海瑟需要被黏的感覺。

我跟著她穿越了好幾條走廊，準備前往她下一堂課的教室，不斷有人對我側目，其中包括了那些不知道我是誰的師生，或是那些認識我的人，他們驚覺一年已過、聖誕時節再度到來。

「妳和戴文經常泡在一起，」我繼續說道，「而且我也知道你們三不五時就卿卿我我，但他知道妳真的很喜歡他嗎？」

「他知道啊，」她繼續說道，「但我不知道他是不是真的喜歡我。我的意思是，他當然是這麼說，而且每天晚上都會打電話給我，但他都在聊夢幻美式足球隊的事，對於我想要什麼聖誕節禮物之類的重要大事卻隻字不提。」

我們離開喧鬧的走廊，進入她的英語課教室。老師對我點點頭，微笑，指了一下早已擺放在海瑟位置旁邊的座椅。

提醒遲到的鐘聲響起，傑里邁亞溜進教室，正好挑了海瑟前面的位子坐了下來。我心跳加快，腦中又浮現出他在那天遊行的時候、走過卡列博面前的哀傷神情。

老師忙著開啟互動式白板，傑里邁亞趁機轉頭，他聲音好低沉，「所以妳就是卡列博的新女友。」

我驚覺自己的臉龐一陣熱辣，愣了好一會兒。「是誰說的？」

「這座城市又不大，」他繼續說道，「而且我認識許多棒球隊的人，妳爸爸的名聲已經是傳奇等級了。」

我伸出雙手摀臉，「哦，天哪。」

他哈哈大笑，「非常好，妳能和他在一起，我也覺得很開心，你們也算是天生一對。」

我放下雙手，仔細端詳著他。老師正在講解《仲夏夜之夢》的某個段落，同時忙著操作電腦，而我們四周的同學也紛紛在翻閱筆記。我前傾身體，低聲問道，「為什麼說是天生一對？」

他微微轉頭，「因為他送樹，妳賣樹，超酷。」

海瑟對我咬耳朵，「別給我惹麻煩哦，我之後還得來這裡上課。」

我小心翼翼，開口問道，「你為什麼再也不和他往來了？」

傑里邁亞低頭看著書桌，然後，下巴抵住肩頭，回頭看著我，「他告訴妳我們以前是朋友？」

「他告訴我許多事，」我回道，「傑里邁亞，他是個大好人。」

他望著教室前方，「其實狀況很複雜。」

「是嗎？」我反問，「或者，是你的家人把事情搞得很複雜？」

他的臉抽搐了一下，然後又盯著我，那表情就像是，這女孩是誰啊？

我在想，要是我爸媽知道卡列博曾經大崩潰、做出那樣的事，雖然，已經是多年前的事了，不知道他們會怎麼說。我記得他們總是強調寬恕，深信人們終會改變。我希望他們能夠信守自己說過的話，不過，如果牽涉到我，還有我喜歡的對象，其實我並不確定他們會作何反應。

我瞄了一下海瑟，對她聳肩表示歉意，但這可能是我得以接觸傑里邁亞的唯一機會。「自從出事之後，你有和他們深談過嗎？」

他回道，「他們不希望我沾惹這種麻煩。」

我聽了好傷心——也十分生氣——他的爸媽或其他人居然認為卡列博是種麻煩。「好，但要是你有自主權的話，還願意與他做朋友嗎？」

他的目光又飄向教室前方，老師正忙著搞電腦，傑里邁亞回頭看著我。「當時我也在那裡，我看到了整個過程。卡列博氣瘋了，但我認為他根本沒有要傷害她的意思。」

「你認為？」我反問，「你明明知道他不會做出那樣的事。」

他的十指扣住桌緣，「我不知道，」他回道，「而且妳也不在現場。」

這些話讓我大受震撼，原來不只是傑里邁亞的家人有意見，他自己也是，而且他說得沒錯，我也不在現場。

「所以你們都不打算改變現狀，是嗎？」

海瑟拍了拍我的手臂，我只能趕緊靠回來坐好。在接下來的整堂課當中，傑里邁亞死盯著筆記本的空白頁，但從頭到尾都不曾動筆。

我一直到快要放學的時候才看到卡列博，他與路易斯、布蘭特從數學教室走出來，我看到他們拍了拍彼此的肩膀，朝不同方向離開。他一看到我，就露出微笑走過來。

「你知道嗎，其實大多數的人都寧可不要上學，」他問道，「今天上得怎麼樣？」

「某些時刻算是有趣，」我靠在走廊牆上，「我知道你八成又會說你絕對不會在句子裡使用艱困這個字詞，不過，今天的課程還滿艱困的。」

「我還沒用過這個字，」他跟我一起靠在牆上，拿出手機，開始打字，「等一下我再好好查一下這個字。」

我哈哈大笑，發現海瑟正朝我們走來，戴文跟在她後面，正忙著講手機，與她相隔了好幾步的距離。

「我們準備要去市中心，」她開口說道，「買點東西啦，你們兩個要不要一起來？」

卡列博看著我，「看妳吧，反正我今天不用工作。」

我先對海瑟開口，「當然好啊，」然後，又面向卡列博，「今天就讓戴文開車，你可以好好查一下你的『每日一字』。」

「妳就盡量取笑我好了，搞不好以後我就不請妳喝薄荷摩卡了。」他講完之後。牽起我的手，彷彿這是再自然不過的事情一樣。然後，我們跟在朋友後頭，一起離開了學校。

14

卡列博一直握著我的手，一直等到要打開戴文車子後門的時候，才依依不捨放手。我入座之後，他幫我關門，自己走向另外一側。海瑟坐在前座，轉頭，對我露出一切盡在不言中的賊笑。

這種時候，唯一的適當反應就是給她這句話，「閉嘴啦。」

她挑眉看著我，我差點哈哈大笑。我覺得她已經不再質疑卡列博了，的確讓我滿心歡喜，不然，她就是因為這次有我們跟著戴文一起出去而開心得不得了。

卡列博一坐進來就開口問道，「所以今天要買什麼？」

「聖誕禮物，」戴文講完之後，發動引擎，然後又看著海瑟，「應該沒錯吧？」

海瑟閉上雙眼，把頭靠在車窗上。

我必須提點一下戴文，什麼是當好男友的小訣竅。「好，戴文，不過你要買東西送誰？」

「應該是家人啊，」他回道，「妳呢？」

我沒想到戴文這麼難教，只好改變戰術。「海瑟，如果妳可以自己選擇聖誕禮物的話，會想要什麼呢？什麼都好，可能是貴重物品，也可能是小禮物……」

海瑟立刻就聽懂了我話中的玄機，因為她又不像戴文一樣粗枝大葉。「西耶拉，好問題。妳知道嗎，從來沒有人問我問得這麼仔細，所以可能……」

戴文一邊開車，一邊忙著在找廣播頻道，我真想狠踢他的椅背。卡列博望向窗外，差點就笑了出來，至少，他知道現在是什麼狀況。

我繼續追問，「可能怎樣？」

她怒氣沖沖盯著戴文，「只要有花心思就好了，比方說花一天陪我從事我喜歡的活動：看電影、健行，或是到紅雀峰野餐，反正，就是連白癡也做得到的事啊！」

戴文又在找廣播頻道。現在我真想敲他的後腦勺，但他在開車，我很擔心其他乘客的安全。

卡列博傾身向前，把手擱在戴文的肩上，同時望著海瑟。「海瑟，光聽妳說就覺得好好玩，也許某人真的會實現妳的夢想，讓妳度過有史以來最美好的一天。」

戴文透過後照鏡看著卡列博，「你是不是在拍我的肩膀啊？」

海瑟靠過去，湊到她男友的面前。「戴文！我們在討論我想要的聖誕節禮物！」

戴文對她微笑，「香氛蠟燭對不對？妳最喜歡那些東西了！」

「超明顯的好嗎？」她整個人又靠在椅背上，「我的梳妝台和書桌上面擺滿了蠟燭啊。」

戴文回頭查看路況，露出微笑，又拍了拍她的膝蓋。

卡列博與我發出輕笑，但後來實在忍不住了，變成了狂笑，我靠在他的肩頭，輕輕擦去眼角的淚，最後，海瑟也加入我們……笑了一下。就連戴文也跟著大笑，但我實在搞不懂他為什麼笑得出來。

❖ ❖ ❖

有對退休夫婦，每逢冬季到來就會在市中心開起臨時商店，名為「蠟燭之盒」。他們幾乎每次落腳的地方都不一樣——反正只要是聖誕節可供租的閒置店面就可以了。他們的營業起迄日期與我們的零售場幾乎一樣，只不過，蠟燭店的主人一直都住在這裡。店內的聖誕主題貨架與桌面擺滿了香氛與飾品類蠟燭，搭配毬果、亮片，還有其他的燭身小飾品。而在櫥窗前所展示的蠟燭製程，也吸引了不少路人入店參觀。

今天，老闆娘坐在長腳椅上面，四周擺放了五顏六色的融蠟杯。她不斷將燭芯浸入融蠟，紅白交替，每一次的動作都讓燭身越來越厚長。大功告成之後，她將蠟燭泡在白色融蠟裡，最後再利用圈環、套住燭芯，將它掛起來。趁熱蠟依然溫度未退的時候，拿起刀子斜削邊側，切下了細長狀的蠟條，燭身也露出了豐富的紅白交疊層次。到了距離尾部一吋的地方，她停止削蠟，改將剛才那條長型的蠟條以波紋的方式黏回蠟身。她又來一次，斜削、取下長蠟條，貼住整個蠟燭。

光是這個過程，就可以讓我連續觀看好幾個小時也不嫌累。

不過，我的癡迷狀態卻被卡列博頻頻打斷。

「妳比較喜歡哪一個？」他拿起蠟燭、放到我的鼻子前面。第一個是標籤上印有椰子圖案的長罐狀蠟燭，另外一個則是小紅莓口味。

「我不知道，我已經聞太多了，」我回道，「現在我覺得味道都一樣。」

「不可能！小紅莓和椰子的味道根本不一樣！」現在，他一次只拿起一根蠟燭，再次湊到我面前。

「找肉桂口味的好了，」我回道，「我喜歡肉桂蠟燭。」

他張大嘴巴，假裝嚇得半死。「西耶拉，肉桂是入門者的選擇，大家都喜歡肉桂！現在的重點是要提升到更複雜細緻的品味。」

我露出竊笑，「是這樣嗎？」

「當然，妳在這邊等一下。」

我想要再次凝神觀看蠟燭製程，也沒機會了，卡列博又拿了另一個長罐狀蠟燭回來。他遮住了燭身的圖案，不過我看到了蠟色是深紅色。

「閉上眼睛，」他說道，「專心。」

我再次閉眼。

「這個味道聞起來像什麼？」

現在換我哈哈大笑，「像是有人剛刷完牙，湊到我的面前。」

他推了推我的手臂——我依然緊閉雙眼——深吸一口氣。然後，我睜開眼睛，盯著他的眼眸，他與我之間的距離好近，真的好近。我的聲音變得微弱，宛若柔聲呢喃。「快告訴我是什麼味道，我好喜歡。」

他的笑容好溫暖，「有薄荷味，也有聖誕樹的氣味。我覺得，似乎還加了一點巧克力。」罐身上的標籤是手寫的金色字母，極其別緻的聖誕節。他把罐口蓋好，「這讓我想到了妳。」

我舔了舔嘴唇，「你是不是希望我把它買下來送給你？」

「這禮物後座力超猛，」他低聲回道，我們臉龐之間的距離不過只有幾英寸而已，「我覺得我要是在我房間裡點了這根蠟燭，很可能會讓我陷入瘋狂。」

「喂喂！」戴文說道，「海瑟和我想要與廣場的聖誕老公拍照，你們要不要一起來？」

海瑟一定看到了卡列博與我剛才的互動，她抓住戴文的手，把他拉到一旁。「沒關係，我們等一下再來找他們。」

卡列博開口，「不用，我們一起過去。」

他把手伸過來，我也大方配合。真的，我好希望能夠與他消失在某個地方，兩人好好獨處，不會受到任何干擾。不過，我們還是離開了這裡，準備坐在陌生人的大腿上拍照留念。

我們到達了廣場，從聖誕老公公薑餅屋為起點的排隊人龍，宛若巨蛇一樣蜿蜒穿過整個庭區，甚至還佔據了銅熊許願池的半個周邊區域。

戴文丟了一個銅板進去，撞到熊掌，他大喊，「可以許三個願望！」

戴文與卡列博繼續聊天，而海瑟則挨近我身邊，對我說道，「看來應該要讓你們兩個人剛才留在那裡獨處才是。」

「但這才有聖誕節的歡樂感，」我回道，「總是有親人與好友——緊緊包圍在你的身邊。」

我們終於排到了薑餅屋的門口，有個打扮狀似精靈的胖妹，帶著戴文與海瑟走向坐在超大紅絲絨王座的聖誕老公公。這名男子蓄有真正的雪白鬍鬚，他伸出雙臂、把他們擁入懷中，簡直把這兩個人當成了小朋友一樣。有夠蠢，但也好可愛。我靠在卡列博的肩頭，他也順勢摟住我。

「我以前好喜歡和聖誕老公公合照，」他說道，「我爸媽會讓我與艾比穿上一樣的襯衫，拿那張照片當作我們的家庭聖誕節賀卡。」

我在想，這樣的記憶對現在的他來說，可能既酸楚又甜蜜吧。

他盯著我的雙眸，伸出食指輕輕戳了一下我的額頭。「我看得出來妳的小腦袋瓜在轉個不停。對，現在講起我妹妹的事，我已經沒有疙瘩了。」

我露出微笑，將額頭倚在他的肩上。

「不過，還是要謝謝妳，」他說道，「妳一直努力了解我的處境，讓我很開心。」

戴文與海瑟走向登記處，那裡有另一名精靈負責相關作業。現在，終於輪到我們坐在聖誕老公的大腿上了，我看到卡列博從口袋裡拿出那把紫色梳子，仔細梳了好幾次。

那名精靈女孩清了清喉嚨，「準備好了沒啊？」

「對不起。」我道歉完之後，目光也趕緊從卡列博身上移開。

這名精靈拍了好幾張照片，一開始的時候，我們表情蠢呆，但後來乾脆往後一靠、摟住聖誕老公的肩頭。扮演聖誕老公的那個人全力配合，而且歡喜之情完全沒有消退，甚至在每次按下快門之前，他還會發出「吼吼」的聲響。

我開口道歉，「不好意思，希望我們不算太重。」

「你們又沒有嚎啕大哭或是尿尿，」他回道，「已經強過很多人了。」

我們從聖誕老公大腿上起身，他交給我們一人一小根玻璃紙包裝的拐杖糖。我跟在卡列博後面、走到櫃台，盯著我們在電腦螢幕上的那些照片。我們選了那張靠在聖誕老公身上的照片，卡列博買了兩張，讓我們各留一張當紀念。趁著列印的空檔，他又加購了一個照片鑰匙圈。

「你開什麼玩笑？」我問道，「你以後要拿著這個聖誕老公照片的鑰匙圈？開你那台陽剛味十足的貨卡跑來跑去？」

「首先，這是『我們』與聖誕老公公的合照，」他繼續說道，「而且，那是台紫色的貨卡，除了妳之外，根本沒有人說它陽剛味十足。」

戴文摟著海瑟，站在薑餅小屋外頭等我們。他們想要找點東西果腹，所以卡列博與我就跟在他們後頭，只不過，我必須抓住他的手臂、導引他的方向，因為他正忙著把照片裝入他的鑰匙圈。我們差點撞到別人，幸好我讓他順利避開。然後，看到他為了把我們的照片放入他每日都會看見的小物件裡頭、所流露而出的專注神情，忍不住讓我也跟著分心，還真的讓我們無意與某人碰個正著。

對方的手機掉了，「啊，卡列博，抱歉。」

卡列博撿起手機，交還給他，「不要緊。」

我們繼續往前走，戴文悄聲說道，「在學校的時候，那傢伙的臉總是埋在手機裡，偶爾也應該要抬頭看一下路吧。」

「你在搞笑吧？」海瑟說道，「你最沒資格——」

戴文舉手，宛若把它當成了盾牌，「我在開玩笑啦！」

「他在和丹妮爾通電話，」卡列博說道，「我看到他手機螢幕上出現她的名字。」

「還在一起？」海瑟插嘴，「丹妮爾住在田納西州，他們在暑假的戲劇營認識之後就陷入熱戀。」

我回道，「還真以為能長長久久哦。」

卡列博瞇起雙眼，不禁讓我抽搐了一下，剛才脫口而出的話，我立刻就後悔了。不過，他的目光依然直視前方。我覺得自己好糟糕，但他不會真以為這種遠距離戀愛會有未來吧？

現在這種狀況——卡列博與我的戀情——只會有一種結局，兩人都為情所傷。我們也知道這一天遲早會到來，要是繼續走下去，只會傷得更重。

所以我到底在這裡幹什麼？

我停下腳步，「嗯，我真的得回去工作了。」

海瑟擋在我面前，她知道出了什麼事。「西耶拉……」

大家都站住不動，但只有卡列博拒絕看我。

「我應該要更認真工作才是，」我說道，「而且，反正我現在胃好痛，所以……」

戴文問道，「要不要我們載妳回去？」

「我陪她走回去吧，」卡列博說道，「我也沒胃口了。」

在這段三十分鐘的路程當中，我們幾乎都沉默不語。他一定知道其實我的胃沒事，因為他一直沒開口詢問我狀況怎麼樣。不過，等到「大腳趾」映入眼簾的時候，我的胃真的開始痛了，我剛才不該多話才是。

他開口說道，「我覺得我妹妹的事一定讓妳非常困擾，只是妳沒有完全表現出來而已。」

「根本不是這樣，」我停下腳步，牽起他的手，「卡列博，我不是會拿過往評價你的那種人。」

他伸出另外一隻手梳弄頭髮，「那妳剛才為什麼會對遠距離戀愛講出那種話？」

我深呼吸，「你真心覺得他們能走下去嗎？我不想要酸言酸語，但兩個人過著不一樣的生活，朋友圈也不一樣，而且還住在不同的州？打從一開始，他們戀愛成功的機率就是微乎其微。」

「妳的意思是，我們的成功機率是微乎其微。」

我放開他的手，把頭別到另一邊。

「早在那傢伙與丹妮爾談戀愛之前，我就認識他了，看到他們在一起，我也為他感到開心。遠距離的確不方便，而且他也沒辦法天天見到她，或是與她共舞，但他們總是一直在聊天。」他停頓了一會兒，又立刻瞇起雙眼，「我覺得妳這個人一點也不樂觀。」

樂觀？我火氣都冒上來了。「這只證明了我們認識彼此的時間還不夠長。」

「我們，對，」他回道，「但我認識妳的時間也夠久了。」

「是這樣嗎？」我的語氣裡就是擺脫不了尖酸。

「他與丹妮爾之間有辛苦阻礙，但他們想辦法避道而行，」卡列博說道，「我相信他們也很清楚，他對彼此了解的程度勝過了大多數的人。妳剛才那些話的意思，是說他們應該要鑽牛角尖？只能關注兩人未來的障礙？」

我眨眨眼，「你在開什麼玩笑？你逃避這裡的女孩，就是因為你不想向她們解釋你的過往，這才叫作鑽牛角尖、只注意眼前的障礙。」

他一臉挫敗，「我沒有這麼說。我之前告訴過妳，我從來沒有與哪個人相處得夠久、發現對方值得我吐露心事。但妳值得，我很清楚這一點。」

他的話讓我的腦袋爆炸了，「真的嗎？你覺得我們兩個人有可能嗎？」

他目光堅定，「沒錯。」不久之後，他的眼神轉為溫柔，又對我露出淡淡的真誠微笑，「西耶拉，我是為了妳才梳頭髮。」

我低頭哈哈大笑，伸手撥開了臉龐的髮絲。

他以大拇指輕撫我的臉頰，我抬起下巴，屏住呼吸。

「這個週末，我妹妹就要回來了，」他的語氣有些緊張，「我希望妳能見她一面，也看看我媽媽，好嗎？」

我專注凝神，盯著他的雙眸，「好。」光是這一個字，我就覺得自己已經等於回答了十幾個他再也不需開口詢問的問題了。

15

我回到拖車裡，整個人癱在床上，順手把那張我與卡列博和聖誕老公公的合照放在餐桌上，我的頭貼靠在那醜陋的毛衣枕頭，側眼盯著它。

然後，我跪坐在床上，取下我家鄉好友的相框，我先把合照拿給伊莉莎白看，隨即努力裝出伊莉莎白的聲音，開口問道，「妳在搞什麼啊？應該在那裡乖乖賣樹，找海瑟出去玩哪。」

我囁嚅回道，「我有啊，不過——」

我又裝回伊莉莎白，「西耶拉，他說什麼要關注未來的可能性，沒用啦，這樣下去不會有結果的。」

我又面向瑞秋的照片，她第一個反應是吹口哨，然後又指了指他的酒窩。

「我知道，」我回道，「相信我，這麼可愛的酒窩也沒用，面對未來還是一樣很麻煩。」

「所以最慘的狀況是怎樣？」她繼續說道，「心碎吧。所以呢？聽起來遲早都會發生啊。」

我又躺回床上，把卡列博的照片貼在胸口。「我知道。」

我走到外頭，也許「大腳趾」正好需要我幫忙。裡面很清閒，所以我在自己的復活節彩蛋馬克杯裡裝了熱巧克力，準備回到拖車寫學校作業。我經過最高的那群菲莎冷杉旁邊，看到安德魯正拖著水管穿梭其間。我們前幾天鬧得很僵，但看在還是得共事的份上，我決定主動示好。

「謝謝你，總是隨時注意水分，」我說道，「它們看起來好漂亮。」

安德魯根本把我當空氣，他扭了一下水管的噴嘴，開始澆灑那些聖誕樹。要維持友好關係，真難。

我進入拖車之後，拿出筆記型電腦，重新檢查我昨天晚上寫的報告，看了一下郵件，卡波老師因為我上次放他鴿子而十分生氣，所以我趕緊回信給他，重新安排會話練習時段，然後，關閉了所有的視窗。

我透過窗簾縫隙向外張望，發現爸爸走到安德魯面前，示意把水管交給他。他示範了該怎麼讓聖誕樹吃水，然後又把水管交回去。安德魯點點頭，爸爸露出微笑，拍了拍他的肩膀，隨後就走進我們的聖誕樹樹叢裡。安德魯並沒有繼續澆水，反而迅速回頭瞄了一眼拖車。

我啪一聲關起窗簾。

我決定為全家人做晚餐，拿出從麥克葛雷格爾買來的蔬菜，逐一切塊，全部放入大湯鍋裡面。在燉湯的時候，我盯著外頭，發現又有一台載運新聖誕樹的貨卡開了進來。布魯斯叔叔從駕駛座跳下來，某些工讀生聚在卡車附近，爬梯準備卸樹。布魯斯叔叔則朝拖車方向小跑而來，打開車門。

「哇，這裡的味道好香！」他給了我一個熱情的熊抱，「那裡呢，就是樹液和青春男孩的氣味。」

他開口借用洗手間，我趁此時看了一下湯煮得怎麼樣了，隨即從櫥櫃裡拿出不同的香料、撒了幾下，開始以木匙攪拌。布魯斯叔叔出來之後，打算先嚐口湯再回去幫忙，我靠在流理台前面，看著他關門離去。每每遇到這種時候，我就會滿心期待未來，這將成為我的終生志業，爸媽年事已高的那一天，就會輪到我決定林場命運、以及是否要繼續經營零售場。

等到卡車平台的樹木都卸光之後。爸爸依然待在外面指揮工人，而媽媽則與布魯斯叔叔進來與我坐在一起。他們歡喜喝湯，宛若餓狼一樣狼吞虎嚥，我剛才沒到外頭分擔粗重工作，他們倒是什麼也沒說。

布魯斯叔叔又為自己舀了第二碗湯，然後，他告訴了我潘妮嬸嬸裝飾聖誕樹的趣事，她忘了先插插頭，直接就把燈飾繞掛在整棵聖誕樹上面，他大嘆，「誰會幹這種事啊？」她終於插了電，但有一半的燈泡不會亮，所以，他們現在有棵只亮了一半的聖誕樹。

布魯斯叔叔到外頭接替爸爸的工作，媽媽則進入她的小房間補眠，準備迎接忙碌的傍晚時光。爸爸進來，我立刻為他準備了一碗湯。但他卻只是站在門邊，似乎十分惱怒，想要對我說些什麼。不過，他最後只是搖搖頭，逕自走向臥室。

❖ ❖ ❖

第二天下午，工作清閒，我趁機回電給瑞秋。

她語氣興奮，「妳知道發生了什麼事嗎？妳一定猜不到！」

「某個演員看到妳冬季舞會的貼文，答應要出席？」

「嗯，有時候他們的確會這樣——很好的宣傳，所以我還是抱持希望，」她繼續說道，「不過這個更好！」

「快講啦！」

「在《聖誕頌歌》裡飾演『過去的聖誕精靈』的女孩，得了單核白血球增多症！哎，生病當然不是好事，但我要取代她的角色！沒錯！」

我哈哈大笑，「至少妳知道單核白血球增多症不是好事。」

瑞秋也笑了，「我知道，我知道啦，不過那畢竟是單核白血球增多症，不是癌症。反正，我知道時間很趕，但現在只剩下週日那晚還有票而已。」

「所以就是……明天？」

「我已經幫妳查好時刻表了，妳可以明天搭午夜火車——」

「午夜火車？」

她繼續說道，「回到這裡看戲，時間綽綽有餘。」

我沉默不語的時間一定是太久了，因為瑞秋開口問我還在不在線上。

「我會問問看，」我回道，「但我不能保證。」

「當然，沒問題，」她滔滔不絕，「但還是試試看啦，我好想見妳，伊莉莎白也是。還有，妳可以住我家，我已經問過我爸媽了，妳可以把有關卡列博的秘密全講出來，妳的口風也未免太……」

「我們已經討論過他妹妹的事，」我回道，「我想，他已經把所有的事都告訴我了。」

「所以，他應該不是揮刀亂舞的變態囉？」

「我還沒有向任何人講述詳情，因為感覺好複雜，」我回道，「我不確定自己的感受，甚至應該這麼說，我不確定自己想要有什麼樣的感受。」

「光是聽妳這麼說就讓人一頭霧水了，」瑞秋說道，「妳百般苦思一定更頭痛。」

「現在我知道了，喜歡他並沒有錯，」我繼續說道，「如今盤據我心頭不去的問題是，知道了這一點之後，不知道是否該讓這段關係走下去，畢竟我在這裡只能再待兩個禮拜而已。」

「嗯……」我聽到瑞秋正在輕敲手機邊緣，「這樣聽起來，就算妳離開之後也無法忘了這段情。」

「就目前看來，我覺得不可能。」

結束這通電話之後，我看到媽媽正忙著把新做好的花環懸掛在「大腳趾」裡面。她在工作服外頭套了件深綠色圍裙，上頭寫了幾個字，宛若聖誕節的氣味，即將撲鼻而來。去年聖誕夜的時候，我們買了那條圍裙送給爸爸，我們總是會事先給他一份便宜小禮，回家之後會有真正的大禮等著他。

我幫她舒展花環上的部分枝葉，終於，我脫口而出，「我可不可以搭火車回去？瑞秋星期天晚上要扮演『過去的聖誕精靈』。」

媽媽正在調整花環，整個人突然僵住，「我聽成瑞秋遇到了精靈，還是說懸掛……」

「這個時間點很不巧，」我回道，「我知道，這個週末一定會忙得要死。要是會對大家造成不便，我當然不需要特地回去一趟。」我沒有說自己非常想去，因為那兩天我有機會可以跟卡列博在一起，我可不想讓自己一個人困在火車上。

她走到櫃台邊，拿起刀子，割開密封紙箱的膠帶。「我會和妳爸爸商量一下，」她說道，「應該是可以想得出辦法。」

「哦……」

她打開紙箱之後，交給我一些裝滿銀絲的白色細長盒子，我把東西放在花環下方的櫃子上面，然後，她又拿出好幾個盒子給我。

「有好幾個人主動爭取更多的工時，」她說道，「等到妳出去玩的時候，我們可以找人來填補那幾天的空缺。」她把空箱放在櫃台下面，雙手在圍裙上抹了兩下，「幫我顧一下櫃台好嗎？」

所以，她真的要去找爸爸討論這件事了。

「其實，」我閉上雙眼，對她嘻皮笑臉，「我沒有想去啦。」

媽媽咯咯笑個不停，「那妳為什麼要問？」

我伸手搔抓臉頰，「因為我以為妳會說不行，因為需要我待在這裡幫忙。但是，我早已經告訴瑞秋我會問問看。」

媽媽的臉色變得好柔和，「親愛的，怎麼了？妳也知道，妳爸爸和我當然很希望有妳在這裡幫忙，但我們不想看到妳為了家族事業而放棄一切。」

「但這畢竟是家族事業，」我回道，「總有一天我得要接手。」

「當然，知道妳這麼想，讓我們很開心，」媽媽抱了我一下，隨即又往後退，讓我們能夠看到彼此的表情，「不過，要是我對妳的判斷無誤的話，我們剛才的主題不只是家族企業或是某場戲劇表演而已。」

我別開目光，「瑞秋是我很重要的朋友，妳也知道。雖然『過去的聖誕精靈』根本沒有台詞，但我還是想看。不過……好啦……卡列博邀請我這個週末與他的家人見面。」

媽咪端詳我的表情，「如果我是妳爸爸的話，一定寧可立刻幫妳訂火車票。」

「我知道，」我問她，「我是不是很蠢？」

「妳的真實感受一點都不蠢，」她回道，「但我必須告訴妳，妳爸爸對卡列博抱持保留態度。」

我皺起眉頭，「能不能告訴我為什麼？」

「我告訴他，我們必須要信任妳，」媽媽回我，「但我必須老實說，我自己也有點擔心。」

「媽，快告訴我，」我拚命想要在她的眼眸裡找到答案，「是不是安德魯說了什麼？」

「安德魯找妳爸爸談過了，」她回我，「妳也應該要去和他講個清楚。」

❖ ❖ ❖

瑞秋大喊，「但那是《聖誕頌歌》耶！」

我躺在床上，手機附耳，另外一隻手貼住額頭，照片中那個假裝在躲避狗仔隊的瑞秋正低頭看著我，我告訴她，「我不是不想看啦。」我大可以謊稱我爸媽不肯放行，但我與瑞秋之間從來不會隱瞞任何心事。

「那就搭火車回來啊！」她繼續嚷嚷，「我發誓，如果和那男生有關的話——」

「他名叫卡列博。還有，對，瑞秋，被妳說中了，明天我要見他的家人，過沒幾天之後，我們就——」我聽到了喀嚓聲，「妳還在線上嗎？」

我把電話扔到餐桌上，將醜毛衣枕頭摀住嘴，尖叫。發洩完了怒火之後，我決定要拿這股悶氣與爸爸正面交鋒、好好吵一下安德魯的事。

找到爸爸了，他正扛著小樹，朝某台汽車的方向走去。

「不行，今天晚上有太多事要忙了，」他語氣這麼直率，等於透露出他還沒有準備好談這個話題，「妳媽媽和我得好好研究銷售數字……不行，西耶拉，我沒辦法。」

海瑟打電話來，問我今晚要不要和戴文、卡列博一起做餅乾，我根本懶得問我爸媽了。既然媽媽說她不希望家族事業干擾我的生活，那也好，當戴文開車過來的時候，我就直接說我要出去了，跳上他的車，出發。

我們開進超市停車場的時候，卡列博湊到前頭，請戴文把車停在哈波聖誕樹零售場的另外一頭，以免他必須與老闆尷尬打照面、解釋他最近為什麼沒有出現。

「你也應該要向他們買樹才是，」我繼續說道，「我很喜歡哈波夫婦。我的意思是，之後我就得撤銷你的折扣了，但是……」

海瑟哈哈大笑，「西耶拉，我覺得妳恐怕得告訴他撤銷到底是什麼意思。」

「哈，還真好笑呢，」卡列博回道，「我知道是什麼意思……可以靠前後文猜出來啊。」

我的手機響了，是伊莉莎白傳來的簡訊，我以手蓋住螢幕，看她到底寫了什麼。

她告訴我，我必須要想清楚，哪一邊的朋友才會長長久久。顯然瑞秋掛我電話之後就立刻打給她了，伊莉莎白又傳了第二封簡訊，她對我很失望，居然為了一個我幾乎不認識的男人而做出這種事。

卡列博問我，「沒事吧？」

我關掉手機，把它扔進口袋，「奧勒岡那裡出了點小事而已。」

伊莉莎白傳來的那些簡訊，讓我覺得格外火藥味十足。她們覺得我是隨便做出決定的嗎？或者，卡列博怎麼可能對我這麼重要？這並不是輕率的抉擇，我也不是那樣的女孩。我在這裡待的時間很短暫，只要能夠多陪他幾天，我絕對不會捨棄這樣的機會。

我們下了車，卡列博故作誇張狀，豎起衣領，縮著身子，以免被哈波注意到。雖然我們與他之間的距離實在太遠，他根本看不見我們，但當我們進超市的時候，我還是跟卡列博做出一模一樣的動作。

海瑟把購物清單對摺、沿著摺線撕成兩半。一半給了我與卡列博，另外一半留給她自己，然後，與戴文手勾著手先離開了，我們剛才已經說好，選購完之後在八號收銀台會合，而我與卡列博則走向超市後方的乳製品貨架區。

「我們剛才去接妳的時候，妳似乎有心事，」卡列博問道，「都還好吧？」

我只能聳肩以對。其實不太好，瑞秋對我生氣了，因為我不去看她的演出，而爸爸要是知道我此刻待在這裡，也一樣會發怒。

「就這樣？聳肩給我看？」卡列博說道，「謝謝，這還真是特優級的溝通技巧。」

既然現在準備要買東西，我也不想多談，好，輪到卡列博對我不爽了，他刻意走在我前頭，足足有一步之遠，等到我們走到冷藏牛奶區的時候，他突然停下腳步，回頭牽我的手。

我順著他的目光看過去，發現傑里邁亞正忙著把一加侖的牛奶放進購物車裡面。有個貌似他媽媽的女子過來推車，大家剛好正面相迎。我仔細端詳他媽媽，我認得她——幾天前，她曾經來過零售場。當時我趨前詢問她是否需要協助，她喃喃抱怨了我們的價格之後，直接從我身邊走過去。

傑里邁亞對我們兩人露出客套微笑。

他媽媽把購物車往前推，準備從我們身邊繞過去，「卡列博……」她沒打招呼，只是唸出名字，聽得出她語氣緊張。

卡列博聲音輕柔，「嗨，莫爾太太，」趁她還來不及從我們身旁離開，他又補了一句，「這是我朋友，西耶拉。」

莫爾太太盯著我，但依然忙著把購物車往前推。「親愛的，很高興認識妳。」

我盯著她的雙眸，「我爸媽在這裡開了間聖誕樹零售場，」我擋住他們購物車的去路，她也只好停下來，「我記得妳最近來過。」

她的微笑有些遲疑，她看著傑里邁亞。「這倒是提醒了我，我們還是得買樹啊。」

我發現卡列博的手緊張不安，但我只能拚命按捺、暫且置之不理，繼續講話，我跟在他們的購物車旁邊，把卡列博往前拉。「再來一次吧，」我說道，「我叔叔才剛運來了一批貨，非常新鮮。」

莫爾太太又回頭看了一下卡列博，這次沒那麼冷酷了，但隨後面向我。「看看囉，搞不好真的會過去一趟。西耶拉，幸會了。」她沿著走道、把購物車往前推行，傑里邁亞也乖乖跟在她後頭。

卡列博目光呆滯。我捏了捏他的手臂，提醒他我在這裡，而且也算是道歉，都是我害他必須面對這種時刻。不過，我很篤定，他與傑里邁亞不該就此斷了友誼。

我正打算要對他講清楚，但就在這個時候，後方卻傳來一股憤怒的聲音。「卡列博，我弟弟人很好，不需要你來亂事。」

我轉身過去，傑里邁亞的姊姊雙手扠腰，等待卡列博的回應，但他不發一語。他目光低垂，望著地板，我趨前一步，站到她面前。

「妳叫什麼名字？」我開口說道，「卡珊卓拉，對嗎？妳聽好，卡珊卓拉，卡列博人也很好，妳和妳弟弟應該要搞清楚這一點才是。」

她原本盯著我，目光又飄到卡列博身上，八成是覺得奇怪他怎麼不開口為自己辯護。我側著頭，準備要問她傑里邁亞到底怎麼想。

「我不認識妳，」卡珊卓拉對我說道，「妳也不認識我弟弟。」

「但我很了解卡列博。」

她搖搖頭，「我不會讓他再蹚渾水，絕對不行。」她丟下這句話之後，立刻往前走。

我捏住卡列博的手，與他一起盯著她消失在角落。「很遺憾，」我低聲說道，「我知道你可以為自己辯駁，但我就是忍不住。」

他回道，「大家都有自己偏好的思維方式。」我看得出來，正面交鋒結束之後，他慢慢恢復了冷靜。顯然，歷經多年的折磨，他已經學到了經驗，遇到這種時候要放手、不要讓它繼續纏身，現在，他對我擠眉弄眼。「好，那妳的怒氣消散了沒有？」

我回道，「遇到那種狀況，我就會準備要揍人了。」

「妳現在知道我為什麼剛才不肯放開妳的手了吧。」

海瑟與戴文也湊到我們的背後，他手裡拿著一籃雞蛋、糖霜，還有彩色糖粉。

海瑟問道，「現在可以做餅乾了吧？」她盯著我們的雙手，「你們採買的東西呢？明明又沒幾樣好嗎！」

我們挑完之後，一起走到結帳處。傑里邁亞、他媽媽，還有卡珊卓拉與我們相隔了兩個結帳櫃台。他們沒跟我們打招呼，而他們四處張望、就是不肯看我們一眼的那種態度，其實也等於表明了一切。

我問卡列博，「他看都不看你一眼，你一定覺得不舒服吧？」

「當然啊，」他回道，「但這是我的錯，所以也就只能算了。」

「你在跟我開什麼玩笑？」我回道，「明明是他們三個應該──」

「拜託，」他求我，「算了啦。」

我怒氣沖沖瞪著傑里邁亞一家人，動也不動，乾脆讓卡列博、海瑟、戴文忙著把東西放上結帳輸送帶。莫爾太太眼光飄了過來，多瞄了我一眼，顯然對於我一直盯著她而感到渾身不自在。

「記得明天過來！」我大吼，「我們會給妳親友折扣價！」

卡珊卓拉瞇眼打量我，但緊閉嘴巴，卡列博假裝專心盯著口香糖貨架。

戴文一臉迷惑，「那我可不可以有折扣？」

❖ ❖ ❖

第二天早晨，傑里邁亞與卡珊卓拉真的來到零售場，讓我嚇了一大跳。他的模樣看起來像是剛起床，運動褲、兜帽衫，加上棒球帽，而她似乎是按下鬧鐘乖乖起床，喝了咖啡，吃完早餐，弄好頭髮化好妝，然後把弟弟挖起來。

傑里邁亞鑽進樹叢裡挑樹，卡珊卓拉則走進「大腳趾」。

我先開口，「我猜你們是因為折扣價而來的吧。」

「我媽媽說，大好機會不可錯過。」卡珊卓拉滿腹牢騷，但我猜她一定曾經試圖違抗母命。

我回道，「歡迎歡迎。」

她微微低頭，但目光依然盯著我的雙眼。「所以妳為什麼要給我們折扣？」

「老實說，我本來希望你們的爸媽今天能過來，所以我可以和他們好好談一談。」

她雙臂交叉胸前，「妳還有什麼想要說的話嗎？」

「卡列博絕對不會傷害任何人，」我說道，「這是我一直想要告訴你們的事。」

「妳相信他的那種說詞？」

「百分百相信。」

卡珊卓拉大笑，「妳一定在說笑，傑里邁亞親眼看到他拿刀追妹妹！」

「我知道，我也知道他也因而每天都後悔不已，」我繼續說道，「他每天都活在這個陰影之中，他的家人也是。」

卡珊卓拉目光低垂，搖搖頭。「我爸媽絕對不會允許我弟弟與——」

「我了解，但也許他們採取了過當的保護措施，」我繼續說道，「在這裡工作的工讀生，即便只是看我的目光有些曖昧，也會被我爸爸叫去打掃戶外廁所。」

「妳自己也知道吧？那件事和調情不太一樣啊。」

傑里邁亞出現在她的後方、走進了「大腳趾」，他手裡拿著聖誕樹價格標籤，但卻刻意迴避我們的對話。

「而且，我覺得不只是妳爸媽的問題而已，」我滔滔不絕，「傑里邁亞與卡列博曾經是最好的朋友，這段友誼也應該繼續維持下去，但他們還來不及修補，卻已經畫下了那條打死不相往來的界線。」

我等待她做出回應，但她卻一直默不作聲，只是望著自己的手指甲，不過，至少她還願意站在這裡。

「妳必須要觀察他在學校裡的舉止，」我開口說道，「他一切的所作所為，都是他現在人格的保證。妳知道他自己買聖誕樹送給貧困家庭嗎？妳知道他為什麼這麼做？因為能夠讓他們感到幸福快樂。」

她終於看著我，「或者，他這麼做只是因為他毀了自己的家庭？」

我忍不住抽搐了一下。

她低頭，閉上雙眼。「我不該講出那樣的話。」

我無言以對。就某方面看來，也許她的說法也沒錯。卡列博送樹不是為了得到別人的讚許，而是為了覓求平靜，彌補過錯。

傑里邁亞看過來，把手放在他姊姊的肩頭。「都還好吧？」

她面向他，「傑里邁亞，萬一又出事的話怎麼辦？要是你和他在一起的時候，又有人逼他理智斷線、害他抓狂呢？你覺得自己能夠平安脫身嗎？」

「他犯了錯，也付出了代價，」我回道，「事後，這段過往依然讓他飽受摧折，你也想要成為他的痛苦根源嗎？」

她望著傑里邁亞，「媽媽絕對不會答應的。」

傑里邁亞望著我，開口問我，他的語氣中完全沒有指責的意思。「妳覺得妳了解他？」

「是啊，」我回道，「我知道他現在是什麼樣的人。」

「很抱歉，」卡珊卓拉說道，她原本看著她的弟弟，視線又飄回到我身上。「我知道妳希望這一切能有轉圜的機會，但我永遠會把我弟弟放在第一位。」

說完之後，她朝他們的停車處走過去。

16

我盯著卡珊卓拉與傑里邁亞上車，現在，他們的車頂已經多了一棵打折的聖誕樹。他們準備離開零售場，傑里邁亞搖下副座車窗，對我揮揮手，姿態甚是疲倦。

他看起來好累，我的心情亦是如此。但我不免盼望這段對話能夠繼續下去。也許，有一天會有人聽得進我的話。

媽媽問道，「出了什麼狀況？」

我回道，「說來話長……」

「是怎樣？也與卡列博有關？」

「能不能不要講這個啊？」

「西耶拉，妳得找妳爸爸好好談一談，」媽媽說道，「我一直告訴他，必須要信任妳的作為，但要是妳不能對我坦白，我就不會再幫妳說話了。安德魯告訴他——」

「我才不管安德魯說什麼，」我立刻回嘴，「妳也不該聽他亂講。」

她雙手交疊胸前，「西耶拉，妳態度這麼防備，讓我好擔心。妳真的知道自己現在面臨了什麼處境嗎？」

我閉上雙眼，深吸一口氣，「媽媽，妳覺得八卦與重要訊息之間的差異是什麼？」

她思量了一會兒，「這麼說吧，如果你所講述的那個人與自己沒有直接關聯，那就是八卦。」

我咬住下唇，「我之所以想要找機會好好和妳講清楚，就是因為我不希望妳根據安德魯的說詞來評論卡列博，因為，我可以跟妳保證，他絕對不是為了我好而講出那些話，他只想傷害卡列博，或者，是因為我當初拒絕他而挾怨報復。」

我看得出來，現在我是真的把她嚇壞了。「看來妳還有另外一段故事得好好跟我講清楚。」

她一邊告訴我要去哪裡找爸爸，同時忙著找人幫她顧櫃台。

爸爸與安德魯待在停車區、正忙著把某棵聖誕樹放入某名女子汽車的後車廂。有半截樹幹露在車廂外頭，所以他們以細麻繩固定車廂門、以免它等一下會不斷彈飛。那位小姐給了爸爸小費，但他卻示意請她給安德魯就好。他收下之後，跟著我爸爸回到了零售場。

「嗨，寶貝！」爸爸在我面前停下來，安德魯也一樣。

我看著安德魯，伸出大拇指往肩後一指。「你可以繼續上工了。」

安德魯離開的時候，露出苦笑，他知道自己惹了麻煩。我覺得要是你喜歡某人、但對方卻沒興趣的時候，就會像他一樣做出那種事吧。

爸爸開口，「西耶拉，何必這樣。」

我很想翻白眼，還是勉強忍住。「所以我們得好好談一談了。」

媽媽、爸爸，加上我，離開了零售場，沿著橡樹大道往前走。車來車往，還出現了一名單車騎士。我深呼吸，大力搖晃雙臂，努力鼓足勇氣，準備進入主題。等到我一開口之後就滔滔不絕，他們也讓我一口氣講完。我對卡列博所知的一切全說了出來，還有他的家人、傑里邁亞，以及他送出聖誕樹的故事。也不知道為什麼，卡列博當初告訴我的時候，也沒像我現在一樣花了這麼久的時間，也許是因為我覺得必須要加強補充卡列博的現況。

等到我講完之後，爸爸更加眉頭深鎖。「當我聽到卡列博攻擊自己的——」

「他沒有攻擊她！」我立刻回嘴，「他跟追過去，但他絕對——」

「妳覺得我知道那種事會無動於衷嗎？」爸爸反問，「聽到消息之後，我真的很難讓妳和那男孩獨處，但我想要信任妳。西耶拉，我覺得妳應該會有基本常識，但我現在擔心妳太天真，輕忽了某些——」

「我什麼都告訴你了，」我回嗆，「難道這樣還不夠嗎？」

「親愛的，」媽媽回道，「這些事不是妳告訴我們的，而是安德魯。」

爸爸看著媽媽，「我們女兒的男友曾經攻擊——」他舉手示意，叫我不要打斷他，「……曾經拿刀跟追自己的妹妹。」

「所以你們就不能展現些許的慈悲嗎？」我怒道，「爸爸，原來這是你要給我的良好啟示，不過犯了一次錯，終生就完蛋了。」

爸爸伸出食指對著我，「我沒有這麼說——」

媽媽插嘴，「西耶拉，我們在這裡只會再待一個多禮拜。如果這件事讓妳爸爸這麼不舒坦，妳真的還要繼續下去嗎？」

我停下腳步。「這不是重點！當初出事的時候，我並不認識卡列博，你們也不認識這個人。但我真的很喜歡現在的他，你們也應該和我一樣。」

他們兩人也停了下來，不過爸爸盯著街道，雙手交疊胸前。「很抱歉，我沒辦法讓我的獨生女和某個有暴力過往的男孩約會。」

「要是你不知道多年前的事，只認識現在的他，」我回道，「你一定會求我趕快嫁給他。」

媽媽下巴都快要掉下來了。我知道這句話有點太誇張，但這樣的對話已經讓我的挫敗感不斷飆升。

「當初你與媽媽認識的時候，也是在這間零售場，」我繼續說道，「你們會有這樣的反應，是不是因為擔心這種事也會發生在我身上？」

媽媽摀住心口，「我跟妳保證，我絕對沒有這麼想。」

爸爸的目光依然盯著街頭，但眼睛睜得好大。「我被妳嚇得心跳都沒了。」

「我討厭這樣，」我回道，「這麼久以來，他一直被這麼多人……拿這件事……貼標籤，而且他們寧可相信最可怕的那一個部分，也不願意與他好好談一談。」

「要是他曾經拿刀砍人的話，」媽媽接口，「我們根本不會——」

「我知道，」我回道，「我也不會。」

車子一台接著一台疾駛而過，我的心也跟著上上下下，我如果不是成功說服了他們，那就是全然潰敗。

「而且，根據我在成長過程中所接受的教誨，每個人都可能會變得越來越好。」

爸爸依然不肯看我，他對我說道，「阻礙別人向上是不對的。」

「沒錯。」

媽媽牽起爸爸的手，凝望彼此。他們不發一語，一起了解現在所身處的狀況，終於，他們面向我。

「我們對他的了解，不像妳那麼深入，」爸爸開口，「我想妳也能夠理解，聽到他與他妹妹之間的事，當然會讓我們深感不安。我很樂意給他一個機會，但我也搞不懂妳為什麼這麼堅持，畢竟我們在這裡的時間只剩下不到兩個禮拜……」

他沒有說出口，但我心裡有數，他想要知道的是我為什麼不能就此放手，我為什麼得要讓他們擔心？

「不需要擔心，」我回道，「你自己也說了，我的確了解他，你也知道你一直教我要小心這種事。你不需要信任他，只要不去評斷他就夠了，還有，要信任我。」

爸爸嘆氣，「妳一定要這麼認真嗎？」

媽媽平靜回道，「看來她已經陷下去了。」

爸爸低頭看著自己握住媽媽的雙手，然後，又望著我，但目光只持續了一會兒而已。他放開媽媽的手，朝零售場的方向走回去。

媽媽與我目送他離開。

她開口說道，「我想，我們都已經說出了自己的感受。」她捏了捏我的手，一直不肯放開，我們就這麼一起走了回去。

每當我對卡列博有所懷疑的時候，他總是能夠證明自己，每當我為他挺身而出的時候，我知道我自己的作為是正確的。足以放棄這段關係的理由成千上萬，而當我每每不願放棄的時候，就讓我更想要努力嘗試、讓我們能夠繼續走下去。

❖ ❖ ❖

準備與卡列博家人共進晚餐的那個傍晚，我花了好久的時間在準備衣裝。總共換了三次衣服，最後套上牛仔褲與奶油色喀什米爾毛衣，當然，這就是我一開始選擇的那一套。聽到敲門聲，我趕緊吹開臉龐上的髮絲，對著鏡子看最後一眼。一開門就看到卡列博在對我微笑，他穿的是深藍色牛仔褲，黑色毛衣，胸前有一條灰色橫槓。

他本來打算開口，但突然閉上嘴巴，打量我全身上下，盯了好久，要是他再這麼看下去，我就得逼他開口講話了，但他卻在此時輕聲低語，「妳好美。」

我的臉頰一陣溫熱，「不需要講這個啦。」

「一定要，」他回道，「不管妳會不會把這句話當成讚美，我就是要說，妳好美。」

我望著他的眼眸，露出甜笑。

「不客氣。」他說完之後，伸手扶我下來，我們一起走向他的貨卡。我沒看到爸爸，但倒是發現媽媽在樹叢裡服務客人。她朝我們這裡張望，我指了指停車區，讓她知道我要離開了。

安德魯正忙著補充樹桶的保護網，我發覺他的目光一直緊緊跟隨、瞪著我們穿過零售場。

我告訴卡列博，「等一下。」

他回頭，發現安德魯毫不掩飾怒氣，死盯我們不放。「走吧，」卡列博說道，「不重要。」

「但對我來說很重要。」

卡列博放開我的手，逕自走向他的貨卡，他上了車，關門，我等了一會兒，確定他沒有氣到開車走人。反正他對於我勢在必行的舉動已經表示了不耐，所以我乾脆轉身，邁開大步，去找安德魯。

他繼續弄保護網，不肯看我。「今晚約會啊？」

「我和我爸媽講過卡列博的事了，」我說道，「當然，我本來打算準備好了再告訴他們，但逼不得已的時候也只好……都是你害的。」

「他們居然還讓妳跟他出門，」他回道，「真是了不起的爸媽。」

「因為他們更信任的是我，而不是你，」我回道，「本來就應該這樣。」

他盯著我的眼眸，倒是看不出有太多的恨意。「他們有權知道女兒約會的對象是個……隨便妳怎麼說啦。」

我怒火攻心，「這不關你的事，」我回道，「我也不需要你多操心。」

卡列博走到我背後，牽起我的手，「西耶拉，算了。」

安德魯一臉嫌惡看著我們兩人，「我不知道你們要去什麼地方啦，但為了你們兩個著想，我只希望他們提供的是不需要切切弄弄的餐點。」

卡列博放開我的手，反問安德魯，「怎樣，意思是說不要有刀子嗎？你很厲害嘛。」

我看到爸爸從兩棵聖誕樹中間走出來，盯著我們。媽媽也憂心忡忡，朝他走過去，爸爸猛搖頭。

卡列博咬緊下巴，把頭別到一旁，彷彿他的怒火會隨時爆發，痛扁安德魯。雖然我同樣不爽，也多少希望看到他動手，但我需要卡列博保持冷靜，我想知道他可以控制情緒，也盼望爸媽能夠親眼見證。

他動了動手指，然後開始大力搓揉後頸，望著安德魯，大家都不吭氣。安德魯看起來很害怕，其中一隻手死抓著聖誕樹的保護網，彷彿那是能夠讓他安全撤退的唯一保障。卡列博發現安德魯陷入驚恐，他的表情也由憤怒轉為愧疚，他再次牽起我的手，十指交纏，然後，把我帶向他的貨卡。

我們坐在裡面，好幾分鐘都沒說話，等待情緒冷靜下來。我覺得自己應該講些什麼才是，但又不知從何說起，最後，他發動了引擎。

後照鏡中的零售場逐漸往後縮退，卡列博打破沉默，告訴我他在三小時之前到了車站、已經接到艾比。他看著我，微笑說道，「她等不及想見妳了。」

我這才發現，其實卡列博並沒有提到太多自己與妹妹的相處現況。既然現在她與她爸爸住在一起，狀況改善了嗎？她回來的時候，兩人關係是否依然緊張？

「我媽媽也迫不及待，」他繼續說道，「打從我認識妳的第一天開始，她就一直跟我吵著要見妳。」

「真的嗎？」我難掩笑意，「我們認識的第一天？」

他聳聳肩，彷彿這沒什麼大不了一樣，但他臉上的竊笑卻告訴我其實並不是這麼回事。「我把我們家的聖誕樹帶回家的時候，可能剛好提到了零售場的某個女孩吧。」

我猜，他當初提到我的時候，根本藏不住臉上的酒窩吧。

他家距離高速公路匝道只有三分鐘的車程。當我們開入某個住宅區之後，我發現他變得越來越緊張。我不知道這是因為他妹妹或是他媽媽的關係？還是因為我？但當我們把車停靠在人行道旁邊的時候，他已經全身發抖。他家是兩層樓高的房子，但很狹小，掛有七彩燈飾、頂端放置金星的聖誕樹，已經矗立窗前。

「我必須要說，」他開口了，「我從來沒有把人這樣帶回家。」

我反問，「這樣是哪樣？」

他關了引擎，先看了一下他家，然後又望著我。「妳覺得我們這樣算什麼呢？約會嗎？我們是不是……？」

他發窘的模樣好可愛。

「我接下來要講的話，可能會讓你嚇一跳，」我回道，「不過，某些時候也不需要為一切找出定義。」

他低頭，望著我們兩人之間的空隙，我希望他不要誤以為我退卻不前。

「先別煩惱我們關係的形容詞了，」我回道，「此時此刻，我們兩個在一起。」

「在一起，這個講法很好，」但他的微笑卻很牽強，「不過，我最擔心的是我們的分離時刻。」

我想到了昨晚傳給瑞秋的簡訊，祝她今晚的演出順利，但她沒有回應。我也打電話給伊莉莎白，她也沒回電。他說將來會擔心，沒錯，我現在就開始擔心了，一個人想要同時兼顧兩個地方，能撐多久呢？

他突然打開車門，「還是趕快進去吧。」

我們上了大門口的階梯，他牽住我的手。他掌心在冒汗，手指不安顫動，根本不是我第一天認識的那個沉穩的酷男孩。他放開我的手，手掌不斷搓揉牛仔褲，最後，終於打開大門。

「他們來囉！」樓上傳出了尖叫聲。

艾比三步併作兩步跳下階梯，與我高一的時候相比，她的模樣更具有自信，也漂亮多了。她和卡列博的臉頰都有可愛到犯規的酒窩，我咬住臉頰的肉，忍住不說，因為我知道他們早就注意到我的反應了。她下了樓梯，立刻伸手致意。當我們雙手互相碰觸的那一瞬間，我的腦海中開始湧現卡列博與妹妹出事那天的各種畫面。

「終於見到妳了，好開心，」她的微笑與她哥哥的一樣和善真誠，「卡列博講了好多妳的事，我一直覺得自己要見到某個名流！」

「我……」我不知該怎麼回話，「嗯，好！能見到妳也讓我好開心。」

卡列博的媽媽從廚房出來，臉上也掛著相似的笑容，只是少了酒窩。乍看之下，她那種靦腆的態度，似乎是比她的子女含蓄多了。

「別讓卡列博害妳在門口罰站，」她開口說道，「快進來，希望妳喜歡義大利千層麵。」

艾比準備進入廚房，一直在樓梯欄杆附近晃呀晃的，她對我說道，「也希望妳可以有好胃口，大吃一頓。」

卡列博的媽媽望著艾比走進廚房，雖然已經看不見女兒的身影，但她的目光依然流連不去。終於，她低頭好一會兒之後，看著我們，雖然對著我們講話，但卻比較像是自言自語。「看到她待在家裡，真是太好了。」

聽到這段話，我突然有股強烈的感受，自己不該出現在這裡才是，這一家人應該要好好享受團聚的第一夜，怎麼能讓陌生人分散了他們的注意力？我望著卡列博，他一定感覺到我有話想說。

他開口說道，「吃晚餐之前，我先帶西耶拉參觀一下，好嗎？」

他媽媽揮手，示意我們快去，「我和艾比準備擺設餐桌。」

她走進廚房，艾比正忙著把貼牆的折疊小桌拉出來。她走到艾比身旁，輕輕撫摸女兒的髮絲，我看到這一幕心都碎了。

我跟著卡列博進入客廳，紫紅色的窗簾已經闔起，剛好映襯著聖誕樹。

卡列博問道，「都還好吧？」

我回道，「你媽媽根本沒什麼時間和你們兩個好好相處。」

「妳沒有妨礙我們哪，」他回道，「我希望妳認識她們，這一點也很重要。」

我聽到卡列博的媽媽與艾比在廚房裡講話，聽起來好開心，母女團聚真幸福。我望著卡列博，他凝神細望聖誕樹，眼眸極其憂傷。

我挨到聖誕樹旁邊，看著那些裝飾品。光看家庭聖誕樹上的這些東西，就能看出許多故事。其中一個想必是他與艾比小時候亂搞的童趣之作，還有一堆來自世界各地的別緻飾品。

我摸了一下閃亮的艾菲爾鐵塔，「你媽媽去過這些地方？」

他輕撫戴著聖誕帽的斯芬克斯像，「妳知道這些蒐藏品是怎麼開始的嗎？她的某個朋友從埃及帶了某個飾品回來，另外一個朋友看到了我們家的聖誕樹，也跟著如法炮製。」

「她有不少喜歡繞著地球跑的朋友，」我問道，「那她自己呢？」

「與我爸分開之後就沒有了，」卡列博回道，「一開始的時候，是因為我們錢不夠。」

「後來呢？」

他望向廚房，「當其中一個小孩決定離開之後，要離開另外一個小孩就更困難了，即使只有短短幾天也一樣。」

我又開始把玩另外一個飾品，我猜應該是比薩斜塔，不過它卻是以上下垂直的方式在樹上懸晃，「你不能和她一起去嗎？」

他哈哈大笑，「我們現在又回到錢的問題了。」

卡列博帶我上樓，參觀他的臥房。他走在我前面，穿越狹窄的走廊，到了另外一頭，敞開的房門門口。但我卻在某個純白色的緊閉房門前停下腳步，我靠過去，倒吸一口氣。與我眼睛同高的位置出現了一串企圖以油漆掩蓋的刀痕。我不假思索，立刻伸手撫摸。

我聽到卡列博的急促呼吸聲，我轉過頭去，發現他正盯著我。

「這道門本來是紅色的，」他開始解釋，「我媽媽本來想拿砂紙磨平，再塗漆覆蓋，不要讓它們看起來太明顯，不過……還在就是了。」

我現在覺得那晚的事件好真實。卡列博從廚房跑出來，追上樓梯，他妹妹關上房門大哭，而他就站在這裡，以刀鋒不斷砍門。卡列博——我遇過最溫善的人——拿著刀子追趕艾比，而他最好的朋友居然目睹了一切。我沒有辦法把那時候的他與現在這個盯著我的人融合在一起。他站在自己的房間門口，表情僵住了，有憂愁，也有羞愧。我想要告訴他，我不怕，我想抓住他的雙臂，讓他放心，但我就是辦不到。

他媽媽在下面大喊，「你們兩個準備吃晚餐了嗎？」

我們的目光始終沒有離開彼此，他的房門是敞開的，但我卻不會進去，現在沒辦法。此時此刻，我們只能退回到正常朋友狀態，或者，為了在他媽媽與艾比面前演戲，我們只能盡量裝出親密姿態。他從我身旁走過去，手指掠擦了一下我的手，但他就是不肯牽我的手。我又看了一眼他妹妹的房門，才跟在他後面一起下樓。

廚房牆壁上掛了許多五顏六色的瓷盤，小餐桌在正中央，桌面上已經擺放了四人的餐具。我們家的廚房比這裡大多了，但這裡卻感覺比較溫馨。

「餐桌很少放在廚房正中央，」他媽媽站在自己的椅子旁解釋，「因為通常沒那麼多人。」

「這個廚房比我住的拖車大多了，」我伸出雙臂，「要是我在拖車裡做出這樣的動作，雙手就會伸進廁所和微波爐了。」

他媽媽哈哈大笑，走向烤箱。才剛打開，融化起司、番茄醬，以及大蒜的綜合香氣立刻盈滿整個廚房。

卡列博為我拉椅，我謝過他，坐下。他也在我右側坐下，但整個人又立刻彈跳起來，也為妹妹拉了椅子。艾比哈哈大笑，拍了一下她哥哥，從他們的輕鬆互動模式看來，她的確已經放下了那一段過往。

卡列博的媽媽把一大鍋義大利千層麵放到餐桌正中央。她坐定之後，把餐巾放在大腿上。「西耶拉，我們就是一般的居家用餐。別客氣，妳就先動手吧。」

卡列博拿了鏟子，「我來。」他為我挖了一大坨千層麵，起司瞬間冒流而出，然後，他也為艾比與他媽媽各盛了一份。

我提醒他，「你忘記自己了。」

卡列博看了一下自己的空盤，為自己切了一小塊。艾比一直盯著她哥哥，她的手肘支住桌緣，掩嘴偷笑。

「所以妳今年高一？」我開口問艾比，「還喜歡高中生活嗎？」

「她過得不錯，」卡列博接口，「我的意思是，是這樣吧？對不對？」

我側頭望著他。也許在我們歷經了樓上的房門事件之後，他覺得得要趕快證明一切已經風平浪靜。

艾比對他無奈搖頭，「親愛的老哥，對，我的高中生活十分精采。我過得開心，而且那所學校也很棒。」

「艾比……」卡列博媽媽說道，「讓我們大家好好吃頓晚餐吧？」

艾比回道，「我就是在努力營造氣氛啊。」

卡列博的媽媽看著我，但她的微笑似乎充滿焦慮，她面向艾比。「有客人在場，某些事就不需要特別提了。」

卡列博握住我的手，「媽，妹妹只是在回答問題而已。」

我也回捏了一下卡列博，然後又望著艾比，現在的她目光低垂。

我們安靜無語，就這麼沉默用餐了足足一分鐘之久，他媽媽終於對我開口，詢問以聖誕樹林場為業的生活樣貌。我仔細描述自家林場的規模，艾比立刻發出驚嘆。我差點脫口叫她要來我家玩，但我也很清楚，無論她給出什麼答案，只會讓我們陷入更尷尬的沉默而已。當我把布魯斯叔叔以直升機運送樹木、還有我幫忙為樹木裝上扣鉤的情節講出來的時候，他們一家三口都嚇了一大跳。

卡列博媽媽的目光在兒女之間來回游移，「我根本不敢讓你們兩個從事那樣的工作。」終於，卡列博的情緒看來舒緩多了，我們開始分享兩人一起送樹的故事，他也講出一些獨自送樹的心得。我發現卡列博在講話的時候，他的媽媽總是盯著艾比。也許，在艾比聆聽這些故事的時候，她的內心不免產生疑問，如果他們兩人還是能夠一起長大成人？又會是什麼樣的光景？我告訴他們，當初是我發想做餅乾送給那些家庭，卡列博的媽媽聽到之後，立刻對他眨眼，我的心也多跳了好幾下。我們吃完了晚餐，但沒有人想要離開餐桌。

不過，當艾比提到要和爸爸一起買聖誕樹的時候，他們的媽媽開始收盤子，艾比乾脆只跟我講話。我看著她，但依然注意到卡列博低著頭、看著擱在桌上的雙手，而他媽媽則忙著把餐具放入洗碗機。

等到艾比講完之後，他們的媽媽才又靠了過來，送上一盤滿滿的棉花糖米酥，表層嵌滿了紅綠色的糖粉。艾比又問我，每年有一個月必須遠離家鄉與朋友，心情會不會很煎熬？我們各抓了一個米酥，然後，我開始思考答案。

「我是真的很想念我的朋友，」我開口說道，「不過，自從我出生以來，就一直過著這樣的生活。我覺得，要是自小就這麼長大，世事沒什麼變化，思念之情也就不會那麼強烈了。」

「不幸的是，」卡列博接口，「我們從艾比的例子就可以看出來，世事有多麼無常。」

我伸手扣住他的手臂，「我不是那個意思。」

卡列博放下自己的甜點，「妳自己很清楚，好，我累了，」他看著我，一抹苦痛在眼眸幽幽閃動，「我們不該讓妳的爸媽擔心才是。」

這句話宛若一桶冰水澆在我身上。

卡列博起身，避開了大家的目光，將自己的椅子靠回桌緣，我也跟著站起來，動作十分僵硬。我向他媽媽與艾比道謝，這頓晚餐十分美味，而他媽媽則低頭看著自己的盤子。艾比對她哥哥搖頭，但現在已經什麼話都不必說了，他逕自走向大門，我跟在他後頭。

我們到了外頭，清冷夜氣撲面而來。我們朝他的停車方向走去，走到一半的時候，我抓住卡列博的手臂，逼他停下腳步。「我剛才在裡面很開心。」

他一直不肯望著我的雙眼，「狀況如何，其實我看得很清楚。」

我希望他能看著我，但他就是不依。他站在那裡不動，緊閉雙眼，伸手亂抓頭髮。終於，他走向自己的貨卡，上了車。我也進入副座，關上車門。他已經把車鑰匙插了進去，但沒有發動車子，因為他一直死盯著方向盤。

「我覺得艾比已經可以坦然面對一切，」我說道，「你媽媽十分想念她，大家都看得出來，但全場最扭捏不安的人似乎就是你。」

他發動引擎，「她原諒了我，我也原諒了我自己，但一看到我媽媽因為我而失去的一切，我就無法寬恕自己。都是因為我闖了禍，而看到艾比坐在那裡、與妳一起討論思鄉，更讓我難以忘記自己所犯下的錯。」

他開車上路，迴轉，前往零售場的路途上，我們都安靜無語。當我們把車開進停車區的時候，店面還在營業，我看到好幾個客人正忙著選購，爸爸則忙著把一棵剛送過來的新鮮聖誕樹送入「大腳趾」。如果今晚如我當初所預期的結果一樣、順利結束，那麼，等到我們回來的時候，店面也應該打烊了。然後我們會停好貨卡，坐在裡面，興高采烈討論今晚何其美好，也許，我們終於有機會接吻。

不過，他卻把車子停進停車區的昏暗地帶，我下了車，卡列博依然坐在駕駛座，雙手始終不曾放開方向盤。我站在敞開的車門外頭，死盯著他。

他還是不肯看我，「抱歉，西耶拉，不該讓妳承受這些痛苦。當我在這裡遇到妳的時候，有安德魯來攪局，而妳也看到了我家的場景。就連我們去超市買東西也會遇到麻煩。就算等到我們分開的那一天，狀況也不會有任何改變。」

我不敢相信他會說出這樣的話，我回道，「不過，我還在這裡啊。」

「這樣太沉重了，」他終於願意看著我，「我不想讓妳目睹這一切。」

我身體一陣虛軟，必須扶住車門維持平衡。「你說過我值得的，我一直深信不疑。」

他沒有回話。

「最讓我受傷的是，」我繼續說道，「我本來也覺得你值得。但你現在居然認為不管怎麼樣，這一切將會太沉重……」

他望著方向盤，語氣輕柔。「我撐不下去了。」

我等著他，希望他把這句話收回去，他並不知道我為了捍護他所做的一切，與海瑟、我爸爸媽媽，還有傑里邁亞的激烈攻防，我甚至為了要能和他在一起而激怒了家鄉好友。不過，他要是知道了其中的點點滴滴，一定會更難過。

我沒關車門，也沒回頭，直接走向拖車。我關了燈，直接倒在床上，整張臉埋在枕頭裡、掩蓋自己的哭聲。我想要找人傾吐心事，但海瑟與戴文一起出去玩了，而這也是我有生以來第一次無法打電話向瑞秋或伊莉莎白訴苦。

我拉開床頭的窗簾，向外張望。他的卡車還停在那裡，副座車門也依然大敞。光線微弱，但依然可以看到他在駕駛座裡低著頭，雙肩激烈顫動。

我多麼想要立刻衝出去，把自己關在車內，陪在他身旁。但自從我第一次遇見他之後，我再也不相信自己的直覺了。我聽到他把車開走，不斷累積而終於引爆這一刻的各種過往事件畫面，立刻在我腦中倒帶，逐一浮現。

我打起精神，起床，進入零售場，我逼迫自己離開，絕對不要惦念傷心的事。我幫了好幾家人選樹，我也很清楚，現在的這種愉悅其實是在逞強作戲，不過，我很努力了。而到了最後，我還是沒辦法，又進了拖車。

我的電話有兩通語音留言，第一通是海瑟。

「戴文送給我完美的一天！」她高興得幾乎快講不出話來了，「而且聖誕節還沒到呢！他帶我到紅雀峰的山頂晚餐，妳一定很難相信吧？他居然有把我的話聽進去！」

我也想要為她感到開心，但我現在卻只覺得好嫉妒，他們維繫感情可以完全不費吹灰之力。

「對了，」她繼續說道，「我們仔細看過了，妳種在山上的那些樹都長得很好。」

我回傳簡訊給她：看來戴文還可以在妳身邊待一陣子，很好。

她又丟訊息過來：這種表現可以讓他撐到元旦囉。但他如果想延到超級盃星期天的話，就不要再跟我講那個夢幻美式足球隊的事了。妳的晚餐如何？

我沒回她。

我開始播放卡列博的語音留言，一開始的時候，他完全不說話，只聽到一陣長長的沉默。

「對不起……」道歉完之後，又是一陣更長的沉默，而且充滿了苦痛，他的心靈長期受創。「請原諒我，我萬萬沒想到事情會這樣被我搞砸。西耶拉，妳是值得的，可不可以讓我明天去教會之前先去找妳？」我把手機緊貼著耳朵，專心聆聽他又一次的沉默，「我明天早上會打電話給妳。」

諸多原因橫亙在我們面前，下個禮拜想必會過得辛苦。每一天似乎越來越艱難，因為聖誕節的腳步節節進逼——我離開的日子就要到了。

我傳訊給他：不需要打電話，直接過來就好。

17

第二天早上，我聽到有人在敲拖車大門。我一打開，發現卡列博正準備伸手敲第二下，而他的另一隻手則忙著把附蓋的外帶咖啡杯交給我。一個雙眼哀戚、頭髮根本沒梳理的男孩願意做出這樣的示好動作，的確溫暖貼心。

他開口的第一句話不是打招呼，反而劈頭說道，「我真糟糕。」

我步下階梯，站到與他同高的位置，「不會啦，」我回道，「倒是對於艾比與你媽媽來說，你的態度可能有些粗魯……」

「我知道，」他說道，「我回家之後，艾比與我長談許久。妳說得沒錯，她對於過往的一切比我從容多了。我們也聊了媽媽的事，還想了一些法子，也許能讓她也漸漸釋懷。」

我喝了第一口的薄荷摩卡。

他靠了過來，「等到我們聊完之後，我整夜沒睡，都在忙著苦思。我的問題已經不是與艾比之間的互動，而我和媽媽之間也沒有疙瘩。」

我回道，「是你自己。」

「我整個晚上都在想這件事。」

「看看你的頭髮，想也知道。」

「至少我換了襯衫。」

我打量他，牛仔褲皺巴巴的，但那件紫紅色的直扣式長袖襯衫，的確讓我覺得賞心悅目。

「我不能整個早上都在外頭閒晃，」我說道，「但讓我陪你走去教會吧？」

他的教會不遠，但沿路多為徐緩上坡，每一次的轉彎，也讓昨晚殘餘的沉鬱之氣隨之消散。我們從頭到尾都手牽著手，講話的時候緊依不離，他三不五時會以大拇指搓揉我的手指，我也會對他做出一樣的動作。

「在我小時候，我們常去教會，」我說道，「大部分是回來過節的時候、跟我外公外婆一起去教會，不過我媽媽是在教會環境中長大。」

「我盡量每個禮拜都去，」他回道，「我媽媽也慢慢回歸教會了。」

「所以你有時候會自己去囉？」我問道，「當我說出自己不上教會的時候，你會不會覺得不舒服？」

他哈哈大笑，「如果妳說妳習慣去教會，是因為妳覺得能讓自己看起來像個好人，我可能才會覺得不舒服吧？」

我從來沒有和朋友討論過教會的事。我原本以為，自己如此喜歡這個人，而且也期盼他能夠喜歡我，和這樣的對象聊這種事會很不自在，但其實根本沒有任何問題。

「所以你是信徒，」我問道，「一直都是這樣嗎？」

「應該是吧。不過，我總是充滿了疑問，某些人遇到這種狀況的時候，總是不敢承認。但這也給了我可以在半夜好好深思的素材，除了我懸念的這個女孩之外，還是有別的事情可以傷腦筋。」

我對他甜笑，讓我們雙手揮動的幅度越來越大。「這答案的確十分誠實。」

我們轉進某條小巷，就在這個時候，我看到了那棟白色尖塔教會。看到了它，讓我覺得自己彷彿得到了特許、得以一窺他私密的那一面。我在幾個禮拜之前認識的這個男孩，每個禮拜天都會過來，此時此刻，我與他手牽著手，一起走到這裡。

我們停下腳步，讓某台車開進停車場，裡面已經快爆滿了。好幾個身穿橘色反光背心的中年男子正忙著指揮車輛、引導他們進入剩餘的車位。卡列博與我走向雙開雕花玻璃大門，正上方放置了大型木質十字架。有好幾個人站在門外，有男有女，有老有少，在大家進入門廳時負責招呼寒暄。卡列博的媽媽與艾比站在一旁，很可能是在等他。

「西耶拉！」艾比蹦蹦跳跳跑過來，「看到妳真是讓我鬆了一口氣，我好擔心我的豬頭哥哥昨晚把妳嚇跑了。」

卡列博對她露出諷刺苦笑。

「他買了杯薄荷摩卡給我，」我回道，「很難對他記仇。」

他們後方有名志工看了一下手機，過沒多久之後，志工們都進去了，準備關上大門。

卡列博的媽媽說道，「看來是該進去的時候了。」

「其實，」卡列博開口，「西耶拉得回去零售場。」

「真希望我不必回去上工，」我說道，「但星期天一向很忙，尤其聖誕節的前一週更是忙上加忙。」

卡列博的媽媽伸手指著他，「有件事我差點忘了，你今天下午可不可以消失一下啊？」

卡列博看著我，一臉困惑，然後又望著他媽媽。

「我訂的東西，今天會送過來，我不想讓你知道是什麼東西。今年我已經下定決心了，絕對不能再讓你破了我的梗，」她又看著我，「他小時候呢，我必須把他的禮物藏在公司裡，因為他會在家裡東翻西找，就是要把東西挖出來。」

「太可怕了！」我回道，「我爸媽會把我的禮物藏在他們的臥室裡，我都會盡量避開那個地方，誰會想要不小心看到自己即將收到的禮物？」

卡列博根本不理會我的天真爛漫，直接對他媽媽下戰書。「難道妳覺得我今天就找不出來嗎？」

「親愛的……」她拍了拍兒子的手臂，「所以我才在西耶拉面前講這件事，我希望她可以好好教導你，要去珍惜期待之情的價值。」

哦，我的確對這個男孩充滿了期待。我對卡列博說道，「我會盯著你哦。」他媽媽繼續叮嚀，「找點別的事情做，晚餐前不要給我回來。」

卡列博看著他妹妹，「顯然今天下午我得暫時蒸發一下。艾比妹妹，我們要做什麼呢？」

「你們要現在或等一下討論都可以，」他們的媽媽開口，「但我得進去了，我可不想像上次一樣待在樓座區。」她抱了我一下，隨即進入教會。

艾比告訴卡列博，應該要去拿一份平安夜燭光禮拜的宣傳單給我才是，她對我說道，「一定要跟我們一起來，氣氛超級美好。」

卡列博請我稍等，我望著他，小跑奔向雙開玻璃門。

艾比直盯著我的雙眼，「我哥喜歡妳，」她講話速度飛快，「嗯，真的非常喜歡。」

我全身震顫。

「我知道妳待在這裡的時間也沒多久了，」她繼續說道，「我擔心他打死不肯透露自己的感情，所以我還是希望讓妳知道比較好。」

我不知道該說什麼是好，艾比發現我沉默無語，不禁哈哈大笑。

卡列博出來了，手裡拿了一份紅色傳單。他交到我手上，但我盯著他的雙眼好一會兒之後、才將目光移到那份文宣。印刷面除了被花環包圍的燭光蠟燭手繪主圖之外，還有平安夜禮拜的相關資訊。

艾比說道，「該進去了。」她伸手勾住卡列博的臂膀，兩人一起進入教會。

對，我在心中自言自語，我也喜歡妳哥哥，嗯，真的非常喜歡。

18

星期一早上，我打電話給伊莉莎白，詢問瑞秋的表演成果如何。

「很不錯，」伊莉莎白回道，「不過，妳應該要自己問她才是。」

「我試過了！」我回道，「我打過電話，也傳了簡訊，但妳們的態度好冷淡。」

「西耶拉，因為妳為了某個男人而冷落了她。我們都知道妳喜歡他，很好。不過講真的，妳又不會待在那裡一輩子，」她繼續說道，「好，對啦，瑞秋是對妳不高興，但她也不希望看到妳心碎的模樣。」

我閉著眼睛聆聽，她們雖然對我不高興，但依然在乎我。我發出哀號，撲通跳到我的小床。

「這樣講太好笑了，真的。這是一段不會有任何結果的戀愛，我們根本還沒接吻呢！」

「西耶拉，現在是聖誕節，妳只要把隨便哪個醜不拉嘰的槲寄生套到他頭上，不早就可以親下去了嘛！」

「妳可不可以幫我一個忙？」我開口問道，「去我家一趟好嗎？我的梳妝台有我第一棵聖誕樹的樹根切片，可不可以寄給我？」

伊莉莎白嘆了一口氣。

「我只是想要給他看而已，」我繼續說道，「他真的很老派，我想他一定會很喜歡的，我想要在我……」

我突然講不下去了，要是我說出口的話，接下來的這一整天，我的心將懸念不已。

「在妳離開之前，」伊莉莎白幫我把話講完，「西耶拉，這是遲早會發生的事。」

「我知道，妳要是覺得我很蠢就大聲說吧，不要緊的。」

她許久沒說話，「那是妳自己的感情，大家都無權置喙。」

不過，有時候就算主角戀戀不捨，似乎也是身不由己。

「不過，在妳做出更重大的決定之前，還是應該要吻他啦，」她繼續說道，「要是他的吻功很糟糕，那麼把他放生也就容易多囉。」

我哈哈大笑，「我好想念妳們哪。」

「西耶拉，我們也想妳，我們兩個都一樣。我會努力安撫瑞秋，她只是覺得很挫敗罷了。」

我倒在床上，「我背叛了好姐妹的守則。」

「別自責了，」伊莉莎白說道，「沒事，我們只是很自私，不想把妳分享給別人而已。」

我趁上工之前，趕緊坐在筆記型電腦前面、錄製自述影帶——全程講法文——報告從我離開家鄉之後所發生的一切，打從在紅雀峰種樹開始，一直講到我與卡列博一起散步到教會。我把影帶寄給卡波老師，彌補了我先前錯過的會話練習。

我抓了顆蘋果，直接進入「大腳趾」，準備幫媽媽的忙。大部分的學校在這時候都已經放了寒假，再加上那些一直遲遲沒買選的人已經快要來不及了，所以零售場應該一整天都會忙得要命。前幾年，我在這個禮拜的每日工作時數高達十小時，不過，媽媽告訴我，今年他們多找了一些學生來幫忙，所以我可以享有更多的私人時間。

我站在媽媽旁邊幫忙，要是出現不需服務客人的空檔，我們就會趕快補貨。而爸爸又推了兩棵灑滿假雪的聖誕樹進來。我們三個趁著沒有客人的時候，窩在飲料吧檯旁邊。我一邊攪拌著廉價的薄荷摩卡，一邊告訴他們，我打算再多做一些餅乾，讓卡列博送樹的時候可以一起帶過去。

「親愛的，太好了，」爸爸雖然嘴裡這麼說，但目光卻不在我身上，反而望著「大腳趾」的外頭，「我必須去盯一下工讀生。」

媽媽與我就這麼看著他離開了。

我開口說道，「嗯，他的這種態度總比他堅持己見好多了。」爸爸已經有了新策略，等待我與卡列博之間的關係自然淡化。

媽媽把自己的馬克杯伸到我面前，輕碰了一下我的杯子。「也許卡列博會留下一些小費、也挑個聖誕禮物給妳。」

媽媽開始啜飲咖啡，我告訴她，「我在想，要把自己第一棵聖誕樹的樹根切片送給他。」

她的沉默好刺耳，所以我將自己的復活節杯湊到嘴邊，靜靜等待。我看到路易斯出現在「大腳趾」外頭、把樹扛到停車場。我又喝了一口熱飲，心裡覺得好納悶，他家已經有聖誕樹了，為什麼還會出現在這裡？

等到我回過頭來，媽媽對我開口，「對卡列博這樣的人來說，這是一份完美至極的禮物。」

我放下杯子，給了她一個大大的擁抱，她趕忙抓緊杯子，以免裡面的咖啡潑濺到我們身上。「媽媽，妳對他沒有疙瘩，真是太謝謝妳了。」

「我相信妳的判斷，」她放下自己的飲料，扶著我的肩頭，與我四目相望，「妳爸爸也是，我覺得，他只是想要在我們離開之前低調以對而已。」

我在媽媽肩後看到路易斯戴著工作手套、又回到了零售場。「那是路易斯，」我說道，「我認識他。」

「他是我們找來的其中一名工讀生，妳爸爸說他工作勤奮認真。」

趁著再次出現工作空檔，我將那杯摩卡加熱，又摻了一些咖啡。有人在我後頭開口，「既然你在泡咖啡，要不要順便幫我弄一杯？」

「視狀況而定，」我轉身面向卡列博，「看看你在我面前有什麼表現囉？」

他把手伸進外套口袋，拿出一頂綠色的聖誕樹針織帽，有毛氈裝飾物，還有蓬鬆的黃星星，他立刻套在頭上。「我本來想等一下再戴，但既然攸關我能不能喝到摩卡，也只能現在出手了。」

我哈哈大笑，「這是怎樣？」

「今天早上我在二手店買的，」他繼續說道，「聖誕時節到了，我的衣紉魂也跟著上身。」

我下巴快掉下來了，「我連那個字是什麼意思都不知道。」

他露出自己的招牌酒窩笑容，挑眉說道，「衣紉？妳居然不知道，嚇我一跳。也許妳應該像我一樣，在手機裡下載某個生字軟體，每天都會教你一個新字，你每用一次，就可以增加點數。」

我反問，「但你的用法正確嗎？」

「應該沒問題，」他回道，「是個形容詞，與服裝有關。」

我搖搖頭，想要大笑，也想趕快把那頂可怕的帽子從他頭上摘下來。「先生，衣紉這個字讓你可以多拿一根糖晶棒。」

❖ ❖ ❖

卡列博自告奮勇，可以去他家烤餅乾，讓他可以一起幫忙，而媽媽的回應是，趕快去吧，祝我們玩得開心。其實，她偷偷告訴我的是，好好玩吧，不需要問爸爸了，這樣的慈母式叮嚀，我就牢記感謝在心了。

「艾比說她也很樂意幫忙，」卡列博與我上了他的貨卡，他開口說道，「妳也可以找海瑟一起來。」

「海瑟哦，說出來你可能不信，她正忙著準備戴文的禮物，」我回道，「我猜是聖誕節毛衣。」

卡列博張大嘴巴，假裝嚇得要死。「她會幹這種事？」

「當然，」我回道，「她也會為他準備其他的大禮，不過，要是我對海瑟的判斷沒錯的話，她一定會先把毛衣拿出來，測試一下他的反應。」

我們採買完食材之後，各提著一袋購物袋，進了卡列博的家。艾比拿著手機、坐在沙發上，手指動作飛快。

她頭也沒抬，對我們開口，「我馬上就過去幫忙。現在我得讓我朋友知道，我並沒有人間蒸發。還有，卡列博，趕快脫掉那頂大蠢帽。」

卡列博把那頂針織帽放在廚房餐桌上。他已經事先準備好了餅乾烤盤、量匙、量杯，還有攪拌瓷盆。「妳回奧勒岡州之後，會不會像我妹那樣傳訊給我？」他問我，「讓我知道妳沒有人間蒸發？」

我的笑聲聽起來好乾，的確，真的很勉強。剩下不到一個禮拜的時間，我必須想出好好道別的方式。

我從購物袋裡取出食材，放在流理台上面。

門鈴響了，卡列博對著客廳的方向大吼，「妳是不是還有找別人過來啊？」

艾比沒回答，八成還忙著在傳訊。卡列博翻了翻白眼，只好自己去應門，我聽到開門聲，然後，一陣沉默。

終於，卡列博開口，「嗨，你來這裡幹什麼？」

接下來的那個聲音——低沉又熟悉——從大門口傳到了廚房。「你以往最好的朋友站在這裡，你居然用這種態度講話？」

我手中的那一打雞蛋差點掉下來了。我不知道傑里邁亞來這裡幹什麼，但我好想以勝利的姿態、揮舞著雙手，繞著廚房跑一圈。

他們兩個都走進來了，我趕緊裝出冷靜神色。「嗨，傑里邁亞。」

他開口打招呼，「嗨，聖誕樹女孩。」

「哦，我不只是賣聖誕樹而已哦。」

「相信我，我很清楚，」他說道，「要不是因為妳這麼雞婆又愛東問西問，我應該也不會有機會站在這裡。」

卡列博微笑，目光在我們之間來回游移，我從來沒有告訴他傑里邁亞與卡珊卓拉曾經來過零售場。

「好，現在還稱不上是完美結局，」傑里邁亞說道，「但我堅守立場，卡珊卓拉與我媽也只能讓步，她們現在忙著去辦事，願意讓我在這裡待一陣子。」

卡列博望著我，目光充滿了問號與難以言喻的感激。他搓揉額頭，望向廚房窗戶外頭。

我把食材又收回購物袋裡面，「你們好好聊一聊，我把這些東西帶去海瑟家。」

卡列博依然望著窗外，正打算開口叫我留下，卻被我阻止。

「和你朋友好好聊一聊吧，」我根本藏不住笑意，「你們好一陣子沒敘舊了。」

等到我轉過身去的時候，東西已經又全部進了購物袋，卡列博凝望我的眼神充滿了滿滿的愛意。

我開口說道，「待會兒見了。」

「七點鐘好嗎？」他問道，「我有東西要給妳看。」

我露出甜笑，「好期待！」

我走到門口的時候，聽到傑里邁亞開口，「嘿，一直好想念你。」

我的心中一陣激動，趕緊吸氣，開門。正要把門關上的時候，我看著坐在沙發上的艾比，她對我一笑，看來與我一樣滿心歡喜。

❖ ❖ ❖

我們送出了聖誕樹與餅乾，卡列博趁著開車的時候，把他與傑里邁亞和好的最新進展告訴了我。

「很難說我們下次見面會是什麼時候，」卡列博說道，「因為他現在有了自己的朋友圈，我也是。但我們一定會抽空會面，滿神奇的，我以為我們再也不會講話了。」

我跟著附和，「的確很神奇。」

我們把車停在卡列博家門口，他面向我，「這一切都是因為有妳，」他說道，「妳才是奇女子。」

我好盼望此時此刻能夠永遠不要結束，我們兩人窩在他的貨卡裡面，對彼此充滿了感激。不過，他卻打開車門，讓冷冽的空氣撲面而來。

「來吧……」他示意我下車，自己也到了外頭。

他走到人行道，我在打開車門之前，刻意甩甩手，想要擺脫緊張情緒。下車之後，我立刻搓揉雙手取暖，他牽起我的手，我們開始散步。

他帶著我，經過了四戶鄰居的屋宅，然後轉進某條小巷，一盞孤燈照亮了巷口。地面是粗面柏油路，正中央有條筆直的水泥排水溝。

「我們把這裡稱為『車庫小巷』。」

我們越往裡面走，路燈的光源也變得越來越黯淡。兩側是通往車庫的短車道，後院的高聳原木圍籬幾乎擋住了屋內的所有燈光，我差點摔進排水溝裡面，幸好卡列博一直抓著我的手臂。

我開口，「這巷子後面有點恐怖。」

「我希望妳已經有了心理準備，」他說道，「因為我要讓妳大失所望了。」他努力想要裝出嚴肅神色，雖然光線幽暗，但我看出他在偷笑。

我們停在他家車道與小巷的交叉口，他扣住我的雙肩、面朝車庫。金屬大門幾乎被屋頂突伸部位的陰影所完全掩蓋，他牽起我的手，把我拉到前面，大門上方的監視感應器立刻亮燈。

他開口說道，「我媽警告過妳了，我是驚喜的破壞王。」

我推了一下他肩膀，「不會真被你找到了吧！」

他哈哈大笑，「我不是故意的！這次絕對不是。我必須要從車庫拿出彈性繩，剛好就看到禮物在那裡。」

「這不就破壞了你媽媽要給你的驚喜？」

「那都是她自己的錯！」他說道，「就放在那裡啊！不過我覺得妳應該會感到開心才是，因為我現在要和妳一起分享。妳不會告訴她吧？」

我真的無法相信他會做出這種事，和小朋友一樣，實在太可愛了，讓人根本無法生氣，我開口，「趕快讓我知道到底是什麼。」

19

監視器的亮光依然沒有熄滅，卡列博走到車庫旁的控制面板前面，拉起鏈栓的塑膠蓋板，裡面藏了一個按鈕鍵盤。

「在我們小時候，」他的食指開始在第一個數字上方晃動，「我每年向聖誕老公公祈求的禮物都一樣，我有個朋友正好有一個，我嫉妒得要命，但我就是一直沒拿過那個禮物。過了許久之後，我放棄了，再也不向聖誕老公公討這個東西，我猜，大家都以為我長大了吧，其實才不是這樣。」

他笑得好燦爛。

「趕快給我看！」

卡列博的手指輕快按了四個號碼，隨即關上蓋板。他退後一步，車庫門往上緩緩捲起。我知道他小時候絕對不會央求要敞篷車當禮物，只不過，要是這種願望能成真，今晚就好玩了。車門開了一半，我蹲身瞧個究竟，剛透入的光線正好讓我可以看到……蹦跳床？我跪下來，哈哈大笑。

「為什麼那麼好笑？」卡列博問道，「蹦蹦跳很好玩！」

我抬頭望著他，但他顯然知道我的反應為什麼那麼強烈。「你剛才說什麼來著？蹦蹦跳很好玩？你幾歲啊？」

「已經成熟穩重到被笑也不在意了，」等到車門全開之後，他走進車庫。「來吧。」

我看了一下天花板的低矮木樑，「不能在這裡跳啦。」

「當然不行，妳幾歲啊？」他抓住蹦跳床的一角，蹲了下來，「幫我搬出去。」

我們一次只能搬動幾英尺而已，最後，終於把蹦跳床移到了車道。

「你不擔心你媽會聽見？」看到他那種得意歡欣的表情，我覺得等一下很可能會露餡，要教導他期待之情的價值還真是累人。

「今天是辦公室的聖誕派對，」他回道，「深夜才會回來。」

「艾比呢？」

「她和朋友去看電影了。」他踩住鞋跟，將兩隻鞋子丟到一旁，衝上蹦跳床。我還沒來得及脫去第一隻鞋子，他已經像隻傻乎乎的瞪羚一樣跳個不停，「別在那裡發呆了，趕快上來！」

我脫掉另外一隻鞋子，從蹦跳床的邊緣爬上去，穿著襪子的雙腳不斷轉跳，小試身手。我們只花了幾分鐘的時間就培養出了合作蹦跳的節奏，兩人開始繞著圈子跳啊跳，對著彼此哈哈大笑。一個人飛跳，另外一個人正好落下。他越跳越高，給了我更充分的彈力，不久之後，我們上氣不接下氣，卡列博簡直瘋了，還做了後空翻。

看到他如此自在，無拘無束，感覺真的好棒。他並沒有一直擺出嚴肅神色，但現在感覺不一樣，宛若重新找回了失物一樣。

雖然他苦苦哀求，但我就是不肯嘗試空翻，最後，我們都累壞了，必須好好休息一下。我們躺在蹦床上面，夜空星光燦爛。我們喘得上氣不接下氣，不過，胸脯激烈起伏的動作卻逐漸趨緩，我們就這麼動也不動，將近一分鐘之久，而車庫的燈也在此時熄滅。

卡列博說道，「快看星星！」

車道一片漆黑，這個夜晚好寧靜。我只聽到我們的呼吸聲，常春藤蔓枝裡有幾隻蟋蟀發出低鳴，還有隻鳥兒在遠方鄰居的樹梢幽幽囀唱。然後，卡列博那邊傳出了金屬彈簧的擠壓聲。

我們躺著不動，所以車庫的監視器燈光依然沒亮，我問道，「你要幹什麼？」

「慢慢移動，動作要非常慢，」他說道，「我想要在黑夜中握住妳的手。」

我盡可能放慢動作，側頭，望著自己的手。我們兩人的剪影映襯在更幽黑的蹦跳床陰影地帶，他的手指慢慢靠過來，我依然呼吸急促，靜靜等待他的撫觸。

我們之間突然出現一道藍色閃光，我嚇得縮到一旁，「厚！」

監視器燈源亮起，卡列博狂笑不止。「真是對不起！」

我們剛才蹦蹦跳跳，襪子也蓄滿靜電，他電到我了。

「你最好還是給我好好道歉，」我說道，「這樣一點也不浪漫！」

「妳可以把我電回來啊，」他回道，「那樣就很浪漫了，妳說是不是？」

我依然躺著不動，雙腳開始猛力摩擦蹦跳床，然後，伸手摸了一下他的耳垂，滋！

「啊！」他抓住耳朵，笑個不停，「真的好痛！」

他起身，雙腳不斷摩擦、在蹦跳床上繞大圈。我也站了起來，跟他做出一模一樣的動作，我們互瞪著對方不放。

「怎樣，是要在這裡決鬥嗎？」我問道，「來啊。」

「當然啊。」他伸出食指，隨即朝我撲來。

我閃邊，趁勢推了一下他的肩膀。「兩次！我兩次攻擊成功！」

「沒關係，我就不再當好好先生了。」

我迅速飛移到蹦跳床的另外一側，但他正好就站在我後面，十指伸了過來。我看著他腳步逐漸逼近，趁他移動的時候，稍微跳了一下，讓他完全失去重心。他往前一摔，我貼住他頸後，放出靜電。

我的雙手在空中開心揮舞，「挑戰失敗！」

他躺著不動，仰望著我，露出一抹邪惡竊笑。我朝四周瞄了一下，蹦跳床上面根本沒有其他的逃逸路線。他突然起身、以跪姿將我制伏在地。我們彈了一下，他不由自主旋身，所以反而變成我壓在他上面。我大口吐氣，他的雙手扣住我的背脊，緊緊抱著我。我抬頭，剛好看到他的眼眸，我吹開自己黏在他臉龐上的髮絲，兩人相視大笑。我們的笑聲漸漸止歇，彼此的胸腹貼靠在一起。

他托住我的臉頰，把我拉到他的面前，他的雙唇貼抵我的嘴，觸感好柔軟，而且帶有薄荷的甜氣。我整個人挨過去，沉浸在他的熱吻之中。我翻身而下，他順勢壓在我身上，我的雙臂扣住他，現在的吻更加激狂。我們往後退，調整呼吸，凝望彼此的眼眸，然而我心底卻有諸多糾結在隱隱作痛，隨時可能會逼我告別此時此刻。

不過，我不再擔憂未來或是過往，只是閉上雙眼，進入他懷中，全心信任彼此。

回去零售場的路上，我們幾乎都沒說話。卡列博的鑰匙圈簡直像是具有催眠功能，看著我們在聖誕老公公大腿上的那張照片晃來晃去，彷彿讓我覺得這個禮拜永遠不會結束一樣。

他把貨卡駛入停車場，停妥之後，握住我的手。我望著拖車，我發誓正好看到爸媽迅速拉起了他們房間的某扇窗簾。

卡列博又捏了我一下，「西耶拉，謝謝妳。」

「為什麼？」

他面露微笑，「和我一起玩蹦跳床。」

「呵，我的榮幸。」

「還有，這幾個禮拜以來，因為有妳，讓我享受到前所未有的美好時光。」

他靠過來吻我，我再次沉浸在他的熱吻之中，我的雙唇從他的下巴一路蹭到他的耳旁。「我也是。」

我們貼住彼此的臉頰，聆聽對方的心跳，一動也不動。過了下個禮拜，一切就變得不一樣了。我想要留住此時此刻，烙印在心中，讓它永遠不會褪逝。

終於，我下了車，望著他離去，貨卡的車尾燈已經消失許久，但我的目光依然不捨。

爸爸走到我的後方，「西耶拉，到此為止了，我不希望妳繼續與他見面。」

我轉身看著他。

他搖搖頭，「並非因為他妹妹的那件事。不只是那個原因，一切都不對勁。」

我在這整晚所體會到的溫暖美好的感覺，瞬間從我體內汩汩流出，取而代之的是沉重的恐懼。「我以為你已經覺得沒問題了。」

「我們不久之後就要離開，」他繼續說道，「妳自己也很清楚這一點。還有，妳要知道，妳和他走得太近了。」

我想要對他大吼大叫，但卻發現自己的喉嚨沒那個氣力，就連該講些什麼回嘴也一片茫然。現在我們終於進入正軌，而他卻要毀了這段關係？不行，我不能讓他做出這樣的事。

「媽媽怎麼說？」

他朝拖車的方向微微側身，「她也不想看到妳傷心。」我不再做出任何回應，他乾脆直接轉身，走回那宛若是第二個家的狹小拖車。

我面向那一大群聖誕樹。我聽到爸爸的靴子發出沉重聲響、步上金屬階梯，關上了門。我沒辦法進去，現在還不行。所以，我走入樹群之中，針葉刮擦著我的袖子與長褲，我坐在外頭光線照不到的冰冷泥地。

我開始想像自己在家鄉的場景，窩在身邊這些樹木的茁壯之地，仰望著與這裡一模一樣的星空。

❖ ❖ ❖

回到拖車之後，我幾乎整夜輾轉未眠。當我第一次拉開窗簾的時候，還沒有看到日出。我躺在床上，眺望窗外的星光逐漸褪散，星星越來越稀微，我的失落感也越來越嚴重。

我決定要聯絡瑞秋。自從我錯過她的表演之後，我們就再也沒有講過話，但最了解我的人是她，我只想要將我此刻的心情告訴她。我發了道歉簡訊給她，還說我很想念她，我還說，她一定會喜歡卡列博的，但我爸媽卻認為我跟他走得太近。

終於，她回應了：有沒有什麼我幫得上忙的地方？

我大嘆一口氣，閉上雙眼，只覺得滿心感激，因為我有瑞秋。

我告訴她：我需要聖誕奇蹟。

接下來，一陣長長的沉默，我望著太陽逐漸升起。

她的答案：給我兩天的時間。

第二天，卡列博出現的時候，笑得好開懷，他拿了一個包裹，外頭的包裝紙是週日連環漫畫，而且貼了太多的膠帶。我發現媽媽正在他的後方觀察我們的互動，她依然忙著招呼客人，但看得出她不是很高興。

「那是什麼？」我好害怕爸爸在這個時候吃完中餐趕回來，但也只能拚命壓抑新的恐懼，「我的意思是，我知道你等於是在求我教你如何包裝啦，但裡面究竟是什麼？」

他交給我，「只有一個方法才能找到答案囉。」

這禮物摸起來有點軟軟的，等到我撕開包裝紙之後，才恍然大悟，是他前幾天戴的那頂愚蠢聖誕樹針織帽。「不行，這是你的東西。」

「我知道，但我也看到妳充滿羨妒的眼神，」他完全藏不住笑意，「我覺得，妳那裡的冬天應該比這裡冷多了。」

他一定覺得我不會戴，我就偏要和他唱反調，立刻把它戴在頭上。

他把兩側耳朵的帽邊往下拉，雙手就這麼扣住我的臉頰，彎身吻我。我沒有反抗，但卻緊閉雙唇，我發現他沒有打算停下來，只好自己退後了一步。

「抱歉，」他開口說道，「我不該在這裡吻妳。」

他後面傳出清喉嚨的聲響，我朝那裡張望了一下。

原來是媽媽。她對我說道，「西耶拉，趕快給我回去工作。」

卡列博顯然相當尷尬，他遠望聖誕樹。「我是不是該去打掃戶外廁所？」

沒有人笑得出來。

他盯著我，「發生什麼事了？」

我低著頭，發現媽媽的鞋子逐漸逼近。

「卡列博，」她繼續說道，「我們從西耶拉那裡聽到你做了許多善舉。」

我抬頭看她，乞求她能夠手下留情。

「我也明瞭她對你的感情，」媽媽看著我，不過，她連笑也不肯笑一下，「但我們這個禮拜就要離開了，而且，明年很可能不會回來。」

我依然盯著她，但我看到卡列博轉向我的時候，我的心都碎了。如果有必要，也應該是由我告訴他才是，因為一切都在未定之天，所以也沒有必要講出來。

「她爸爸和我看到你們的感情進展，深深覺得萬一有人不知道我們家的狀況，會讓我們良心不安，」她看著我，「妳爸爸隨時會回來，我們就別多說了。」

她離開了，剩下我和卡列博在一起，他的表情很複雜，慘遭背叛，以及全然潰敗。

「妳爸爸不打算見我對嗎？」

「他覺得我們太認真了，」我回道，「你不要害怕，他只是太保護我而已。」

「太保護妳？是因為妳再也不會回來了？」

「還不一定，」現在我已經不敢繼續看他的雙眼了，「我應該要早一點告訴你才是。」

「好，現在是妳講清楚的大好機會，」他說道，「妳還有什麼事情瞞著我？」

一滴清淚從我的臉頰滑落而下，我根本不知道自己在哭，但我也不管了。「安德魯特地找過他，」我回道，「但沒事。」

他的聲音十分緊繃，「妳說的沒事是什麼意思？」

「因為後來我找他們談過了，我告訴他們——」

「告訴他們什麼？我們現在把話講開吧，明明一切都出了問題。」

我望著他，伸手擦去雙頰的淚水。「卡列博……」

「西耶拉，無論你們家什麼時候要離開，也不會改變現況，所以妳幹嘛還要跟我在一起？」

我想拉住他的手，「卡列博……」

他退後一步，刻意與我保持距離。

我低聲哀求，「別這樣……」

他轉身離開「大腳趾」，直接走向他停車的方向，開車離去。

❖ ❖ ❖

第二天，爸爸從郵局回來，把一封厚重的快遞信封丟在我身旁的櫃台上方。我和爸爸已經整整二十四個小時沒說話，我們之間從來沒出現過這種狀況，但我就是沒辦法原諒他。信封上方、也就是寄件人伊莉莎白·坎伯爾地址的周邊畫了一個大紅心，我服務完兩名客人之後，才打開這封郵件。

裡面有個標準信紙大小的信封，還有一個與曲棍球圓盤大小相當的亮紅色小盒。我打開蓋子，取出了一團棉花，看到了那一英寸厚的樹根切片，我第一棵聖誕樹的紀念物。它的邊緣依然留有一層薄薄的粗糙樹皮，而正中央是我在十一歲時的手繪聖誕樹。兩天前的我，要是看到這個東西鐵定會緊張不安，不知道卡列博拿到這份禮物的時候會作何反應，不過，我現在已經麻木無感。

有個客人走到櫃台前面，我趕緊把盒子蓋回去。等到這位女客人離開之後，我打開了那封信。伊莉莎白負責把樹根切片寄給我，而瑞秋則寫了一封短箋：希望這能幫助妳實現妳期盼的聖誕奇蹟。

她隨信附上兩張冬季舞會的門票。最上方以紅色的花俏手寫字體標示主題，「愛的玻璃雪球」。左側是一對在雪球裡翩翩起舞的戀人，四周飄落著閃亮雪花。

我只能閉上雙眼。

20

趁午休時間，我回到拖車裡面，將那個紅盒子藏在我床鋪的某個枕頭下方。我原本將卡列博與我的合照塞在窗縫裡，現在，我把它拿出來，將那兩張舞會門票夾進照片與紙襯中間。

趁自己還有足夠的勇氣，我趕緊找到了爸爸，再次邀他一起和我出去散步，這個想法已經在我心中醞釀了好久。我幫他把聖誕樹以綁帶固定在某位客人的汽車上頭，然後，我們一起離開了零售場。

「希望我們能夠重新討論一下，」我開口說道，「你說，這不只是因為卡列博的過往，我相信你。」

「很好，因為——」

我打斷他，「你曾經說過有其他原因，我們在這裡所待的時間剩不到一個禮拜，我卻對他一往情深，你說得沒錯，我的確非常喜歡他，」我繼續說道，「我知道有千百個理由讓你感覺渾身不自在，但我也很清楚，如果你把他的過往當成拒絕的藉口，也絕對不會透露半點口風。」

「我不知道，可能吧，但我依然——」

「但這種想法讓我真的很生氣，因為這對卡列博很不公平，而且，你忽略了這件事牽涉到的另外一個主角。」

「西耶拉，我一心懸念的就是妳，」他說道，「對，看著我的可愛小女孩戀愛了，真的很不好受。還有，沒錯，要徹底忘記他的過往也不容易。不過，親愛的，最重要的是我不能就這麼看著妳心碎卻袖手旁觀。」

「難道這不該由我自行決定嗎？」

「對，但前提是妳必須要將一切狀況納入考量，」他停下腳步，目光飄向街道，「妳媽媽和我還沒有討論這件事，但我們兩個心裡都已經有底，百分百確定，我們明年不會過來了。」

我輕輕碰觸他的手臂，「爸爸，真是太遺憾了。」

他的目光依然望著街道，但伸手摟住了我，我把頭靠在他的胸膛。「我也覺得可惜啊。」

我說道，「所以你主要擔心的是我離開這裡時的感受。」

他低頭看著我，我很清楚，他最重視的是我。「妳不懂那種感受有多麼煎熬。」

「那就講給我聽吧，」我說道，「因為你懂得那樣的心情。你第一次與媽媽相遇、但之後卻必須離開，到底是什麼感覺？」

「太可怕了，」他回道，「有好幾次我覺得我們撐不下去了，我們甚至還有一陣子短暫分手、開始與別人約會，那時候我真的好想死。」

接下來的問題，其實在我心裡憋了好久。「值得嗎？」

他對我微笑，又回頭望著我們的零售場。「當然。」

我回道，「嗯，我懂了。」

「西耶拉，妳媽媽和我在此之前都曾經與別人認真交往過，但這卻是妳第一次談戀愛。」

「我從來沒說過我在談戀愛！」

他哈哈大笑，「這還需要說嗎？」

我們望向車流，我把他的手臂挽得更緊了一點，

他低頭看著我，嘆氣。「過沒幾天，妳就要傷心了，」他繼續說道，「一定的。不過，我不會剝奪你們接下來這幾天的相處機會，以免害妳更傷心。」

我伸出雙臂，抱住爸爸，講出我真的好愛卡列博。

「我明白，」他低聲回道，「妳也知道，妳媽媽和我會陪妳修補受傷的心。」

他摟著我的肩，我勾住他的手臂，我們就這麼走回了零售場。

「有件事，我希望妳一定要放在心上，」他開口說道，「仔細想想你們要怎麼告別這個冬季，它馬上就要結束了，千萬不要輕忽。」

爸爸走進「大腳趾」、與媽媽一起工作，我立刻衝進拖車，打電話給卡列博。

「快過來買棵聖誕樹，」我說道，「我知道你還得繼續送樹。」

❖ ❖ ❖

當我看到卡列博的貨卡進入停車區的時候，天色已經黑了。路易斯與我扛了一棵笨重的巨大聖誕樹、朝他的貨卡方向前進。

路易斯開口，「不知道你們要送去哪裡，希望那家人的客廳放得下這棵樹。」

卡列博跳下車子，跑到後頭、放下車尾門。「這應該超出了我的預算，」他說道，「就算有折扣也一樣。」

「不會啦，」我告訴卡列博，「因為這是免費的。」

「這是她爸媽的禮物，」路易斯說道，「他們正在補眠，所以——」

「路易斯，我就在這呢，」我回他，「我可以自己告訴他。」

路易斯臉紅了，趕緊回去零售場，那裡有個女客人正等著他加裝保護網。而卡列博則一臉困惑。

「我和我爸爸談過了。」

「然後呢？」

「他們信任我，」我繼續說道，「也非常欣賞你送樹的事，所以它們想要把這一棵捐出來，共襄盛舉。」他看了一下自己的貨卡，笑了一下，「等我們回來之後，妳就可以告訴他們，這次捐的樹到底能不能放進那戶人家的客廳。」

我們把樹送了出去，還真的差點放不下——那家的五歲小朋友興奮到快暈倒了——之後，卡列博載我到紅雀峰，他把車停在鐵門前面，開了車門。

「妳等我一下，我打開鐵門，」他說道，「要是妳不介意的話，我們就上山吧，我很想親眼看看妳種下的那些聖誕樹。」

「那就熄火吧，」我回道，「我們爬上去。」

他傾身向前，抬頭望著山丘。

「怎樣，晚上走一小段山路你也怕嗎？」我開始虧他，「你一定有手電筒吧？拜託，你開的是貨卡，別跟我說你連手電筒也沒有！」

「有啦，」他回道，「其實正好有一支。」

「好極了。」

他站在街邊的草地上、鑽進自己的貨卡，從置物箱裡面取出了手電筒。「就這一支，」他回道，「所以我們得緊挨在一起走路，希望妳別介意。」

我回道，「如果勢必如此，也沒辦法囉。」

他離開貨卡，走到我的車門旁邊，為我開了門。我們望著紅雀峰的高大側影，同時將外套的拉鍊拉到領口。

「我喜歡來這裡，」我對他說道，「每次我爬上這座山丘，不禁心想……深深覺得……我的那些聖誕樹是充滿深沉意涵的個人式隱喻。」

「哇，」卡列博說道，「這可能是我聽妳說過最深奧的一段話了。」

「喂，閉嘴啦，」我回他，「趕快把手電筒給我。」

他把手電筒交給我，但自己卻繼續往前走。「我說認真的，可以讓我在學校講出那個字嗎？我的英文老師一定會愛得不得了。」

我用肩膀頂了他一下，「喂，我自小在聖誕樹林場長大，就算我沒辦法完美表達自我，也有多愁善感的權利吧。」

我喜歡與卡列博互相調侃，感覺好輕鬆。真正的困難依然是一大阻礙——日曆上的某一天，我們完全無法閃避——不過，面對當下，我們必須要找出方法珍惜彼此。

今晚冷多了，我與海瑟在感恩節那天過來的時候溫度沒這麼低。卡列博與我一路上行，兩人都不多話，純粹享受空氣裡的那股冷冽，還有我們彼此相觸的暖意。就在轉進最後一次的彎路之前，我拿著手電筒、帶著他離開主道，進入與膝同高的灌木叢裡面，他沒有任何抱怨，跟在我後頭乖乖走了好幾碼。

一輪新月，高懸於山邊的幽空之中。我離開灌木叢之後，將手電筒慢慢掃過那一排聖誕樹，光源範圍細狹，一次只能照亮一兩棵而已。

卡列博走到我身邊，摟住我的肩膀，讓我們兩人緩緩靠在一起。我看著他，發現他正在凝望那些樹，他放開了我，走入我的小小林場，他的目光在樹群與我之間游移，看來他十分歡喜。

「好美！」他湊過去，猛力嗅聞樹香，「長得就像聖誕節一樣。」

「海瑟每年夏天都會上來修剪，所以它們才會長得這麼像聖誕樹。」

「野生的樹木不會長成這樣啊？」

「不一定，」我回道，「我爸爸老是喜歡告訴別人，我們都需要一點外力協助，才能歡喜融入這個大環境。」

「你們這一家人老是喜歡使用隱喻，」卡列博走到我背後，抱住我，下巴擱在我的肩頭。我們就這麼靜靜凝望著那些樹，長達好幾分鐘之久。

「我好愛這些樹，」他對我說道，「它們是妳的小樹家人。」

我側身，凝望他的眼眸。「看看現在多愁善感的人是誰了？」

他開口問我，「有沒有想過裝飾這些樹？」

「海瑟與我裝飾過一次，當然，盡可能使用環保材料，像是毬果、莓果，還有鮮花，除此之外，我們還買了鳥食與蜂蜜製成的星星飾品。」

「妳還買禮物給那些小鳥？」他說道，「好可愛。」

我們回頭、再次穿越灌木叢，我轉頭，又欣賞了一下我的聖誕樹——也許這是我離開這裡之前的最後一眼了。我握住卡列博的手，不知道此生當中還有多少次這樣的機會。他伸手指向遠方，也就是我家聖誕樹零售場的位置，從這裡俯瞰過去，它就像是個被柔光包圍的小小長方形區塊。街燈、以及柱間的雪花燈飾，讓深綠色的聖誕樹樹群也為之綻亮。我還看到了「大腳趾」與銀色拖車，也發現有好些人在樹叢裡來回穿梭，有客戶、工讀生，搞不好爸媽也在裡面。

卡列博再次悄悄繞到我背後，把我環抱入懷。

我心想，我的家，在遠方……還有這裡。

他的手順著我握住手電筒的那隻手臂一路往下，隨後開始慢慢調整光源、掃過我的那些聖誕樹，「我只看到五棵，」他說道，「但我記得妳說有六棵。」

我嚇得心跳都沒了，立刻又握住手電筒往回探照。「一，二……」當我發現自己也只能數到第五棵的時候，已經傷心欲絕。我衝回灌木叢，拿著手電筒、慌忙來回查看前方的地面，「第一棵大樹的位置在這裡！最大的那一棵！」

卡列博穿越灌木叢、朝我走來。就在他快要走到我面前的時候，他的腳突然踢到了某個堅硬的東西。我把手電筒對準他的腳，不禁慌亂得伸手掩嘴。我跪在樹根旁邊的泥地，這是我第一棵樹的唯一殘餘部分了。在切口的最上方，還可以看到乾涸的樹汁珠滴。

卡列博跪在我身旁，「有人愛上了這棵樹，」他說道，「很可能已經放在他們家了，裝飾得十分美麗，就像是要送人的禮物——」

「要送誰也是由我決定，」我回道，「而不是讓別人就這麼隨便帶走。」

他安撫我，讓我坐下來，我也把臉靠在他的肩上，過了幾分鐘之後，我們往回走，行進速度緩慢，不發一語，他溫柔導引我，小心避開所有的坑洞與岩塊。

然後，他停下腳步，盯著幾英尺之外的路邊不放。我順著他的目光看過去，手電筒照亮了我那棵聖誕樹的深綠色針葉，它斜倒在野樹叢裡，奄奄一息。

我開口，「他們就把它丟在這裡？」

「我覺得妳的樹曾經拚命奮戰。」

我頹然倒地，再也不想忍住淚水。「我好恨做出這種事情的人！」

卡列博走到我身邊，伸手扶住我的背，不發一語。他不會告訴我這沒什麼，或是批評我為了一棵樹而小題大作，他完全懂得我的心情。

我終於站了起來，他拭去我臉龐的淚水，望著我的雙眼。他依然沒有說話，但我知道他與我緊緊相繫在一起。

「我真希望我能夠講清楚自己為什麼會有這種反應……」但他閉上了雙眼，我也是，我知道我不需要多此一舉。

我再次望著那棵樹。當初發現它的那些人一定覺得它好美，想要讓它變得更美麗。他們努力嘗試，真的想要把它帶走，但對他們來說實在難以負荷。

所以，乾脆就留在原地。

我開口，「我不想待在這裡了。」

卡列博走到我背後，將手電筒的光源對著我的雙腳、讓我引路，離開了現場。

❖ ❖ ❖

海瑟打電話給我，問我可不可以去零售場閒晃一下，我把紅雀峰聖誕樹的事告訴了她，所以我現在可能沒辦法好好陪她。海瑟太了解我了，所以立刻趕過來。她說，我今年一直在當「送樹精靈」，我們沒有太多時間在一起敘舊，讓她好傷心。我提醒她，每當我有一兩個小時的空檔，她都正好和戴文在一起。

我回道，「『拋棄男友行動』花了妳好多時間哪。」

海瑟幫我補滿吧檯的飲品，「我覺得，我從來就沒有想要甩掉他，我只是希望他能夠變成一個更優質的男友而已。我們一開始的時候感情超好，但他後來變得……我不知道怎麼說……」

「安於現狀？」

她翻白眼，「好啦，我們這次就用妳的特選字彙吧。」

我把最近發生的事告訴了她，包括安德魯向爸爸講小話，還有，我找爸媽兩次懇談，就是為了讓他們明白為什麼在我們離開之前、我不能與卡列博就此斷了聯絡。

「看來我的好閨蜜立場十分堅定，」海瑟說道，她握住我的手，捏了一下，「西耶拉，我還是希望明年妳能夠回來，但萬一沒辦法的話，能看到這樣的結局，我也很開心。」

「我也這麼覺得，」我回她，「但一定得要這樣一波三折嗎？」

「哎，兩人在一起的意義就變得更豐富呀，」她回道，「看看我跟戴文的例子吧。他安於現狀，對嗎？每天都一樣，無聊死了。我正打算和他分手的時候，就發生了『冬季皇后』事件，我們一度關係緊張，但他後來給了我美好的一日。現在，我們這麼甜蜜，都是我們辛苦掙來的成果，當然，接下來的這幾天，也是妳與卡列博好不容易爭取而來的時光。」

一個小時之後，海瑟離開了，她還得繼續努力、趕緊完成送給戴文的驚喜禮物。接下來的時光過得悠緩，客人川流不息，到了晚上，我結算帳目，將所有必須上鎖的東西收拾乾淨。

正當我關掉雪花燈飾開關的時候，媽媽走到我旁邊。「妳爸爸和我想帶妳去外頭吃晚餐。」

我們開車到達「早餐特快列車」，進入高朋滿座的列車車廂，卡列博與我們相隔了好幾桌之遠，他正在為某名男客人倒咖啡。他頭也沒抬，對我們說道，「我馬上過來。」

爸爸微笑，對他說道，「不急，你慢慢來。」

卡列博一定累慘了。他看著我們，但走了好幾步之後，才認出我們是誰。他終於回神，哈哈大笑，抓了三份菜單。

「你看起來好累。」

「有人請病假，所以我提早過來，」他繼續說道，「至少，我可以多拿點小費。」

我們跟在他後頭，到了某個靠近廚房的包廂座位。等到我們坐定之後，他又為我們擺放餐巾與餐具。

「我明天應該還可以買兩棵樹，」他開口說道，「雖然已經快要過聖誕節了，但大家還是忙著買樹吧？對不對？」

「我們還有營業，」爸爸對他說道，「但不像你這裡這麼忙。」

卡列博離開，準備為我們拿水。我望著他的背影，他看起來有點緊張，但真的超可愛。等到我轉頭回去的時候，發現爸爸對我猛搖頭。

「妳要學著點，不要理會妳爸爸的反應，」媽媽說道，「我就是這樣忍了他這麼多年。」

爸爸輕輕啄吻了一下媽媽的臉頰。他們兩人在一起二十年之久，爸爸講出亂七八糟的話時，她很清楚該怎麼讓他閉嘴，但她所運用的方法卻總是讓他愛得不得了。

我開口問道，「媽媽，除了在林場工作之外，妳還有沒有想做過其他的事？」

她露出促狹表情，看了我一眼。「我不知道妳到底想問什麼，但我上大學可不是為了要逃避林場工作哦。」

卡列博帶了三杯水與三根包膜吸管回來了，他開口問道，「打算吃點什麼？」

「真抱歉，」媽媽說道，「我們根本還沒看菜單。」

「別擔心，這樣剛好，」卡列博回道，「那桌有對親切的情侶——我在反諷啦——顯然需要我多多去照顧一下。」

他先閃人，媽媽與爸爸拿起了各自的菜單。

「但妳是否曾經思考過其他的可能性？」我繼續追問，「如果妳的生活不需要被某個節日追得團團轉，又會是什麼樣貌？」

媽媽放下菜單，仔細端詳我的表情。「西耶拉，妳是不是後悔了？」

「沒有，」我回道，「不過，就我所知，在妳結婚之前，至少曾經度過正常的聖誕節，所以可以比較一下。」

「對於我所選擇的生活，我從來沒有後悔過，」媽媽回道，「而且，這是我自己的選擇，所以我深以為傲，我選擇了與妳爸爸共度這樣的生活。」

爸爸接口，「當然，一直是多姿多采的生活。」

我假裝在研究菜單，「今年真是多姿多采的一年。」

媽媽回我，「而且，只剩下幾天了……」我抬頭看她，發現她一臉愁容望著爸爸。

❖ ❖ ❖

第二天下午，卡列博載著傑里邁亞、到了我們的零售場。從他們一下車就嘻嘻哈哈的模樣看來，兩人之間的友誼似乎根本不曾出現過傷感裂痕。

路易斯朝他們走過去，他脫下工作手套，與他們握手，短暫寒暄，結束之後，卡列博與傑里邁亞走進了「大腳趾」。

「聖誕樹女孩！」傑里邁亞與我互碰拳頭打招呼，「我朋友說，聖誕節的時候，這裡需要人手幫忙整理場地，我得去哪裡登記工讀？」

我反問，「你不打算和家人一起過節？」

「我們會在平安夜禮拜之前交換禮物，」他說道，「然後我們第二天睡到自然醒，看一整天的美式足球比賽。不過妳知道嗎？我覺得我自己欠妳一份人情。」

我望著他們兩人，「所以現在一切沒事囉？」

傑里邁亞低頭，「其實我爸媽不知道我現在到底在哪裡，不過，卡珊卓拉在掩護我。」

「她會幫忙掩護，是因為有交換條件，」卡列博望著我，繼續說道，「元旦的時候，啦啦隊全部的成員要去喝個痛快，這傢伙得當指定司機、把她們一個個送回家。」

傑里邁亞哈哈大笑，「這任務很辛苦，但我已經有心理準備了。」他慢慢往後退，準備讓我們兩個人獨處，「我去找妳爸爸，問一下拆卸工作的事。」

「你呢？」我問卡列博，「也要幫我們拆卸整理嗎？」

「要是有空的話，我一定幫忙，」他回道，「但我們家有過節傳統，要是缺席的話，我會覺得過意不去。妳一定可以諒解吧？」

「當然，而且看到你們一家團聚，我也很開心。」雖然這是我的真心話，但一想到聖誕節早晨來臨的那一刻，我就開心不起來。「到時候要是你有空檔的話，可以到海瑟家跟我會合，我會在那裡待一會兒，與海瑟、戴文交換禮物。」

他露出微笑，但他的雙眼卻洩露出與我一模一樣的悲傷。「我會想辦法過去。」

在他等待傑里邁亞回來的空檔，我們都不知該說什麼才好。此時此刻，離別的感覺好真實……而且迫在眼前。兩個禮拜之前，這一天似乎感覺好遙遠，我們還有充分的時間觀察後續狀況、看看我們會進展到什麼地步。然而，此刻卻覺得一切發生得太遲了。

卡列博牽起我的手，我跟著他，繞到拖車後方，避開了所有的人。在我還來不及問我們到底要做什麼的時候，我們已經開始接吻，我們互吻的那種方式，彷彿把它當成了此生的最後一次，而我也的確憂心忡忡，擔心這真的會成為我們的最後一次。

他抽身後退，雙唇已經變成了深紅色，而且有點發腫，我也一樣。他托住我的腮幫子，我們抵住彼此的額頭。

他先開口，「真抱歉，我沒辦法在聖誕節的時候來幫忙。」

「我們只剩下幾天而已，」我對他說道，「我不知道我們該做什麼。」

「跟我一起參加燭光禮拜吧，」他回我，「艾比告訴妳的那一個。」

我好猶豫。畢竟我好久沒有進教會了，在平安夜這樣的日子，他應該要與相同信仰、相同感受的人在一起才是。

他的酒窩又出現了，「希望妳能夠出席，好嗎？」

我也對他笑了一下，「沒問題。」

他準備要回零售場，但我卻抓住他的手、把他拉回來，他挑眉看著我。「妳現在要幹嘛？」

「今天的每日一字呢？」我問道，「還是說，你已經沒興趣拿生字來嚇唬我了？」

「真不敢相信妳會懷疑我，」他回道，「其實，我現在對這些奇奇怪怪的字詞已經非常著迷，比方說，今天的是『薄如蟬翼』。」

我眨眨眼，「又是一個我不認識的字。」

他振起雙臂，「耶！」

「好，這個字算是考倒我了，」我挑眉問他，「但到底是什麼意思？」

他也做出相同表情，「纖細，或是透明的東西。等等，妳知道什麼叫作『透明』吧？」

我哈哈大笑，把他拉出了拖車後方。

路易斯對我們招手，以小跑姿態衝過來，對卡列博開口，「大家和我挑了一棵超漂亮的樹要給你，」能看到路易斯也融入我們的零售場大家族，真是太好了，「我們才剛把它放進你的貨卡裡面。」

「謝了，」卡列博說道，「給我標籤，我來付帳。」

路易斯搖頭，「不，這個由我們買單。」

卡列博望著我，但我不知道現在這是什麼狀況。

「有些棒球隊隊員覺得你做的事很酷，」路易斯繼續說道，「我也這麼覺得。所以我們決定每個人各拿出一點自己收到的小費、一起買下這棵樹。」

我用肩膀頂了一下卡列博，他的善行感染了其他人。

路易斯看著我，神色有些緊張。「不要擔心，我們沒有使用員工折扣。」

我回道，「哦，我從來就不會擔心這種事。」

21

在平安夜的前一天，海瑟把艾比載來了零售場。艾比一直央求卡列博帶她過來，希望能多少幫我一點忙，顯然，她從小就盼望能夠在聖誕樹零售場工作。雖然這樣說有點誇張，但我好開心能夠讓她好好享受一下。

在「大腳趾」櫃台的另外一頭，我們準備了兩座鋸木架，中間平放了一張與大門尺寸相等的夾板。我們把碎木片堆在上面，然後艾比、海瑟，還有我負責把這些木塊放進紙袋，讓客人自行帶回家。大家特別喜歡在親人來訪的時候，以這些小東西作為餐桌與窗台的裝飾品，我們幾乎是才剛裝好，就立刻被客人拿走了。

「妳要送給戴文的聖誕節秘密禮物是什麼？」我開口問海瑟，「我猜是聖誕節毛衣。」

「這個嘛，我的確考慮過，」她回道，「但我想到了更好的東西，妳在這等我一下。」

海瑟剛才進來的時候，把包包放在櫃台，她現在衝了過去，艾比與我互望一眼，聳肩。等到海瑟回來的時候，她一臉驕傲，高舉著約兩英尺長、有些扭曲、紅綠色交雜……的圍巾？

「是我媽教我怎麼打毛線哦。」

我咬住臉內的頰肉，拚命忍笑。「海瑟，再過兩天就是聖誕節了耶。」

她苦著一張臉，望著那條圍巾。「我不知道得花這麼久的時間。不過，等一下我回去之後，一定會窩在我房間裡面，好好研究一下編織教學影帶，看看得花幾個小時才能織完。」

「至少，」我回道，「這正是確證他愛意的完美方法。」

艾比本來在忙著裝袋，突然停手。「我忘了，什麼是確證？」

海瑟與我同時哈哈大笑。

「我覺得這個禮物的真正意義就是，」海瑟把那條圍巾塞入她口袋，「要是戴文真的愛我，他一定會把這條鳥到不行的圍巾圍在脖子上，當成這一生從來不曾收到的最美好贈禮。」

「的確，」我回道，「不過這個測試不是很公平。」

「要是我送妳這條圍巾，妳一定會用啊，」海瑟說的一點都沒錯，「要是他不能回報我相等的熱情，他就不配拿到他真正的禮物。」

艾比問道，「真正的禮物是什麼？」

她回道，「某個喜劇節的門票。」

我對她說道，「這禮物好多了。」

海瑟告訴艾比，戴文給了她一個完美野餐日、當作聖誕節的提前贈禮，艾比說，她希望將來交的男朋友也會帶她去紅雀峰的山頂野餐。

海瑟忙著裝另外一個禮袋，臉上流露甜笑。「他自己似乎也很享受在山上流連的時光哦。」

我拿了好幾塊木片、朝她身上丟過去，卡列博的妹妹在場，她不需要講出他們約會的私密細節。

不久之後，話題就轉到我的感情生活了。「我覺得這裡還有好多牽掛，但我卻得匆匆離開。」她問道，「明年狀況還是不確定嗎？」

「看來是大勢已定，」我回道，「其實，繼續下去的機率是微乎其微，萬一明年冬天不能相見的話，我真的不知該如何是好。」

海瑟回道，「那就不像是聖誕節了，真的。」

「我這一生當中，還真沒想過感恩節之後留在家鄉是什麼滋味，」我繼續說道，「終於有機會看到白色聖誕，體驗一般人的過節方式。但老實說，想知道那是什麼感覺與渴望是不一樣的。」

現在，海瑟與我都停下了裝袋的動作。

「妳和卡列博討論過了嗎？」

「這個問題總是在我們之間盤據不去。」

「春假呢？」海瑟問道，「要再見到他也不需要等一生一世吧。」

我回道，「他要去他爸爸那裡。」我想起藏在我們照片後面的那兩張冬季舞會門票。如果要送票給他，那麼我必須先確定我們的關係定位，我要知道我們兩個人的共同期待，也就是說，我的人雖然離開這裡，但卻能將他的承諾放在我的心底。

「如果戴文和我能夠找到感情的出路，」海瑟說道，「妳跟卡列博也可以。」

「我沒把握，」我回道，「必須要兩人有共識才能找到出路。」

❖ ❖ ❖

我們在平安夜正式結束了今年的販售活動，爸媽和我隨即進入拖車裡吃晚餐。烤牛肉已經放在燉鍋裡悶了一整天，所以車內香氣四溢，海瑟的爸爸自製了玉米麵包，還親自送過來。爸爸坐在小餐桌的另外一頭，明年無法回來了，他想知道我現在的心情有沒有什麼不一樣。

我把自己的玉米麵包剝成兩半，「這也不是我能控制的事，」我回道，「每年這個時候，我們在平安夜收工，我們都坐在這裡吃晚餐。而對我來說，唯一不同的是你剛才的提問。」

「那是妳的角度，」媽媽回我，「就我看來，我覺得每年都不一樣。」

我撕了一小片玉米麵包，開始細嚼慢嚥。

「妳有一大堆朋友在殷殷期盼著妳，」爸爸說道，「這裡，這座城市，還有家鄉……」

媽媽傾身向前，握住我的手。「我知道妳覺得我們一直拚命與妳唱反調，但那是因為我們在乎妳。至少，我希望今年的例子可以讓妳體會我們的用心。」

爸爸還是得扮演好他的角色，說出該說的話。「即使最後會讓妳心碎，我們也還是成全了妳。」

媽媽推了一下爸爸的肩膀，「高中的時候，『悲觀先生』——也就是妳爸爸——在我們認識的那個冬季之後的夏天，都待在這裡的棒球營。」

爸爸說道，「那時候我已經很了解妳了。」

媽媽問他，「才不過幾個禮拜，你是能多了解我？」

「相信我，」我插嘴，「一定是十分了解。」

爸爸伸手，握住我與媽媽的手背。「親愛的，我們以妳為傲。無論這個家族事業會發生什麼改變，我們一家人永遠同心協力。還有，無論妳打算與卡列博怎麼樣，我們……妳知道……我們可以……」

媽媽說道，「我們支持妳。」

「沒錯，」爸爸往後一靠，摟住媽媽，「我們信任妳。」

我走到他們座位的桌邊，靠過去，全家人擁抱在一起。我發覺爸爸斜著脖子、凝望著媽媽。

我回座之後，媽媽也暫時離開，她進入他們的臥房，拿出我們為彼此準備的小禮物。最猴急的就是爸爸了——就這方面看來，他和卡列博還真像——所以，他是第一個撕開禮物的人。

他舉起禮盒，「給我『架上的小精靈』？」他用力揉鼻頭，「妳們是不是在開玩笑？」

媽媽和我差點快笑死了。爸爸每年都會抱怨那個童話玩偶，他還信誓旦旦，聖誕老公公的監控小精靈會捉迷藏的傳說，他才不信。反正他每年十二月都不在家、總是住在拖車裡，當然覺得自己不需要理會這種事。

「我們本來的計畫是，」媽媽說道，「等到你到加州的時候，我們要把它藏在家裡的某個地方。」

「然後呢，」我繼續接口，而且身體全力前傾，「你整個月都會惦記著它，一直胡思亂想，不知道它到底躲在哪裡。」

「這一定會害我抓狂，」爸爸說道，他拿出小精靈，抓住它的其中一隻腳，讓它倒懸空中，「妳們今年的禮物遠勝往年，真的太猛了。」

「我猜等你回家的時候，搞不好天天都巴著我們揭曉答案的那一刻。」

「其實何苦一定要知道答案呢……」爸爸回道，「妳看，這又是另外一個好例子。」

媽媽開口，「好，換我了。」

每一年，她都期待不同香味的身體乳液帶來的驚喜。雖然她深愛聖誕樹的氣味，但浸淫其中長達一個月之後，她自然希望新年的時候能聞到不同的香氣。

她打開了今年的瓶子，把它轉過來，仔細閱讀標籤。「小黃瓜甘草？妳到底在哪裡找到這個的？」

我提醒她，「這是你們兩個最喜歡的氣味。」

她打開瓶蓋，聞了一下，又擠了一滴在掌心，她立刻開始搓揉雙手。「太棒了！」

爸爸給了我一個小小的銀色禮盒。

我搖了好幾下，盒子開了，我拿出一小坨棉花，下面有支閃亮的車鑰匙。「你買了車給我？」

「其實，那是布魯斯叔叔的卡車，」媽媽開始解釋，「但我們會重新更換內裝，讓妳挑選自己喜歡的顏色。」

「長途旅程不是很適合，」爸爸說道，「但來回林場或是在市中心活動就非常方便了。」

「會不會介意是叔叔的二手車？」媽媽問道，「我們沒辦法負擔——」

「謝謝！」我把盒子倒翻過來，讓鑰匙落在自己的掌心，感受一下它的重量，我再次起身，衝過去緊抱他們，「這禮物好夢幻！」

依照以往的傳統，等到我們把髒兮兮的碗盤堆入水槽之後，我們就會窩在我爸媽的床上，拿出我的筆電，觀賞電影《鬼靈精》。通常，到了鬼靈精心臟變成三倍大的那個時候，爸媽就會昏昏入睡。但我現在卻精神超好，緊張得要命，因為我馬上要去找卡列博、參加燭光禮拜。

今晚就不需要來回試裝了。我老早就準備好了純黑裙與白上衣，下了爸媽的床之後，我窩在小小的浴室裡，拿出直髮器熨平髮絲。我仔細化妝，發現鏡中出現了媽媽的微笑映影，她手裡拿了件簇新的粉紅色喀什米爾毛衣。

她開口，「要是外頭冷的話，可以保暖。」

我轉身，「妳在哪裡買的？」

「這是妳爸爸的主意，」她說道，「他希望妳今晚能穿新衣服。」

我拿起那件毛衣，「是爸爸挑的嗎？」

媽媽大笑，「當然不是。妳要好好感謝自己的幸運之神，因為要是他出手的話，毛衣的尺寸可能大到可以穿在雪衣外頭，」她繼續說道，「趁妳們在裝碎木袋的時候，他請我趕快出去幫妳買東西。」

我望著鏡子，將那件毛衣擁入懷中。「一定要告訴爸爸，我好愛這份禮物。」

她望著我們的鏡內映影微笑，「等妳出去之後，要是我還能叫醒他的話，我們會弄點爆米花，一起看《白色聖誕》。」

這是他們歷年的慣例，通常我會依偎在他們兩人中間，我回道，「我覺得妳和爸爸好厲害，從來不會因為聖誕節而產生倦怠。」

「親愛的，要是我們會有那樣的感覺，」媽媽繼續說道，「我們就會賣掉林場、改從事其他行業了。我們的工作性質很特殊，而卡列博能夠體會這一點真是太好了。」

有人輕輕叩門。媽媽幫我把毛衣從頭頂套進去，卻完全沒有弄亂我的頭髮。我還來不及給她一個最後的擁抱，她已經朝自己的房間走去、關上了房門。

22

我打開車門，原本以為會看到我的平安夜帥哥、把我電暈，但我萬萬沒想到，卡列博居然穿的是過緊的魯道夫大臉毛衣、搭配紫色直扣襯衫，下半身是卡其褲，我掩嘴，猛搖頭。

他雙手一攤，「怎樣？」

「別跟我說這是你特地去找海瑟媽媽借的衣服。」

「被妳說中了！」他回道，「真的，算我運氣好，有袖子的毛衣也不過剩下幾件而已。」

「好，我很欽佩你的勇氣，但你要是堅持穿那件毛衣的話，我做禮拜的時候恐怕沒辦法專心哦。」

他張開雙臂，低頭看著自己身上的毛衣。

我回道，「顯然你是不知道為什麼海瑟媽媽擁有最醜毛衣大賽的冠軍頭銜。」

他嘆了一口氣，心不甘情不願把毛衣拉到胸口，但卻在耳朵的地方卡住了，我必須助他一臂之力。現在，這個樣子總算是我的帥哥男友了。

這是個清冽的冬夜，時間已經很晚了，但一路上可以看到許多住家的聖誕節燈飾依然大亮。

某些屋頂的周邊掛滿了宛若瑩亮冰柱的飾燈，有些則在草坪上放置了白色燈管麋鹿，彷彿在啃草一樣，而我最喜歡的是那些掛滿七彩閃燈的房屋。

「妳好漂亮。」我們往前走，卡列博執起我的手，以雙唇輕觸了我的每一根手指。

「謝謝，」我回道，「你也很帥。」

他回道，「妳看看，現在妳接受讚美的態度坦然多了。」

我露出甜笑，轉頭看著他，附近房舍的藍白色燈光映照在他的雙頰。

「今晚的狀況先讓我了解一下吧，」我問他，「想必一定爆滿。」

「平安夜有兩場禮拜，」他開始解釋，「比較早的那一場，適合家庭與會，他們舉辦公演，還會看到成千上萬個扮成天使的四歲小孩，混亂吵鬧，真善美之極致。而我們要參加的聖誕子夜禮拜，氣氛比較肅穆，有點像是在電影《查理．布朗的聖誕節》當中、奈勒斯的那一場重要演說。」

我回道，「我好愛奈勒斯。」

「很好，」卡列博說，「因為要是妳不喜歡的話，我們今晚也只能到此為止了。」

我們繼續往前走，上了緩坡路段，兩人手牽著手，靜默無語。當我們到達教會的時候，停車場已經滿了。許多車只能停在路邊，而且還有許多人是從鄰近的街道步行而來。

我們到了教會的玻璃門門口，正準備要進去的時候，卡列博卻擋下我，凝望著我的雙眼。

「我真希望妳不要離開。」

我捏了捏他的手，但我不知道該說什麼才好。

他打開門，禮讓我優先入內。教會長椅兩側的長高型木桿上方的搖曳燭火，是裡面的唯一光源。兩側牆壁有高聳的厚重木樑，樑下是紅黃藍三色參雜的彩繪玻璃窗。兩側木樑交會於山形天花板的正中央，讓人產生了宛若大船傾倒的錯覺。教會正前方的舞台邊緣擺滿了聖誕紅，梯架上已經站滿了身著白袍的合唱團團員。在他們的上面，有個巨大花環懸掛在黃銅風琴管前方。

大部分的長椅都坐滿了人，大家全擠靠在一起。我們進入後頭的某張長椅，有名年長婦女從走道過來、到了我們旁邊，交給我們一人一根尚未點燃的白色蠟燭，還有與我手掌差不多大的圓形紙板，正中央有個小洞。我看著卡列博將蠟燭穿過去，將紙板壓到過半的燭身位置。

「等一下會用到這個，」他向我解釋，「紙板可以承接滴下來的蠟淚。」

我也把自己的蠟燭穿過小洞，將它放在大腿上面，我開口問道，「你媽媽和妹妹也會過來嗎？」

他的下巴朝合唱團的方向點了一下，艾比與他們的媽媽站在合唱團梯架的正中央，看著我們微笑，他媽媽似乎因為站在艾比旁邊而開心得不得了，卡列博與我同時對她們揮揮手，艾比也對著我們猛揮，但卻被她媽媽立刻阻止，因為指揮已經站到了團員的面前。

「艾比有副天生好歌喉，」卡列博對我低聲說道，「她才與他們一起練過兩次而已，但媽媽說她已經和大家融為一體。」

開場的聖誕頌歌是〈聽啊！天使高聲唱〉。

他們唱了好幾首之後，牧師開始講述聖誕節的故事，還有今晚對他的意義，內容誠摯又發人深省，他的言詞之美，再加上充滿感恩的態度，不禁讓我感動萬分。我緊抓卡列博的臂膀，他望著我，眼神好柔善。

合唱團開始吟唱〈東方三博士〉，卡列博靠過來，對我輕聲細語，「跟我一起到外面。」他拿起我的蠟燭，我跟在他後面，離開了主殿。關上玻璃門之後，我們又迎向了冰冷的空氣。

我問道，「為什麼要出來？」

他靠過來，開始溫柔吻我，我伸手撫摸他冷冰冰的雙頰，相形之下，他的嘴唇更顯得好溫暖。我不禁在想，卡列博的每一個吻是不是都這麼獨特又令人驚嘆。

他側著頭，專心聆聽。「開始了。」

「什麼開始了？」

「那裡一片漆黑，因為引座人員吹熄了所有蠟燭，」他繼續說道，「不過，妳仔細聽哦。」

他閉上雙眼，我也是，一開始的聲音雖然輕柔，但我的確聽到了，唱歌的不只是合唱團而已，還包括了參加禮拜的所有會眾。

「平安夜……聖善夜……」

「現在，只有教會前面的兩個人手持點燃的蠟燭，只有兩個，其他人的都跟我們一樣，」他把我的蠟燭還給我，我握住底部，紙板的小孔正好貼在我緊握手指的上方。「握有燭光的那兩個人，走入了中央走道，其中一個負責左側的座椅，另外一個負責右側。」

「多少慈祥也多少天真……」

卡列博從他的上衣口袋中拿出小火柴盒，撕下一根火柴棒，翻到背面，劃了一下火柴。他點燃了自己蠟燭的燭芯，然後，搖熄了火柴。「坐在最前面兩排、靠近走道位置的會眾，傾斜自己的蠟燭、送到持燭火者的面前，然後，他們利用燭焰點燃旁人的蠟燭。」

「忽然看見了天上光華……」

卡列博把自己的蠟燭湊過來，我將自己的傾靠過去，讓燭芯靠近他的焰光，等待燃燭。

「這個過程不斷持續，蠟燭一根接著一根，座位一排接著一排，大家以接力的方式……讓燭光慢慢擴散……營造出期盼的氛圍，妳會殷殷等待燭光傳到妳手中的那一刻。」

我低頭凝望手中蠟燭的微弱火焰。

「榮光普照……」

「一個接著一個，燭火慢慢傳承，整間教堂終於充滿了光輝。」

「耶穌我主降生……」

他聲音好溫柔，「抬頭吧。」

我望向彩繪玻璃，現在，裡頭散發出溫暖光暈，玻璃閃動著紅色、黃色，以及藍色的光芒。

歌聲持續未歇，我屏住呼吸。

「平安夜……聖善夜……」

大家又重唱了一次，最後，教會內外，一片寂靜。

卡列博前傾，輕吹一口氣，燭光滅了，我也吹熄了自己的蠟燭。

我告訴他，「我們來到這裡，真好。」

他把我拉到他懷裡，給了我溫柔的一吻，雙唇貼住我的嘴，有好幾秒之久。

我依然靠在他懷中，但身體稍微退後，開口問道，「但你為什麼不想讓我待在裡面觀看這一段過程？」

「過去這幾年，只有當我自己的平安夜蠟燭點燃的那一刻，內心才會獲得真正的平靜，就在那短短的一剎那，一切安好寧和。」他整個人前傾，下巴抵住我的肩頭，在我耳邊低語，「今年，我只想與妳共享這一刻。」

23

教會的門開了，平安夜禮拜已經結束。現在已經是十二點多，離去的會眾想必十分疲累，但每個人的臉上都充滿了平靜的喜悅——還有歡欣。大部分的人在前往自己座車的途中都不發一語，但也有好幾個人在互相輕聲祝福。「聖誕快樂。」

聖誕節到了。

我在這裡的最後一日。

我看到傑里邁亞客氣扶住大門、讓好幾個人出來之後，才朝我們走來。「我看到你們兩個溜出去了，」他繼續說道，「你們錯過了最美好的那一段。」

我望著卡列博，「有嗎？」

他回道，「我覺得沒有。」

我對傑里邁亞露出微笑，「我們沒有哦。」

傑里邁亞與卡列博握手，然後又把他拉過去、給了他一個大大的擁抱。「兄弟，聖誕快樂。」

卡列博沒回話，只是閉上雙眼，繼續抱著傑里邁亞。

傑里邁亞拍了拍他的背，又給了我一個擁抱。「聖誕快樂，西耶拉。」

「傑里邁亞，聖誕快樂。」

「一早見了。」他與我道別之後，又進了教會。

卡列博開口，「我們得準備回去了。」

今天晚上，他對我意義非凡，我已經找不出任何方法形容這樣的感動。現在，我好想告訴卡列博我愛他，在這裡剛剛好，因為這是我第一次發現自己果真愛上了他。

不過，我沒辦法說出口，他才剛聽到這句話，我卻得在不久之後離開，對他來說，這樣並不公平。如果對他表明心意，那麼我的心也會飽受煎熬，在回家的路途上，那幾個字一定會在我的腦海中徘徊不去。

「真希望我能夠讓時間停下來。」我換了另外一套說詞，我只能將這句話留給我們兩個人，這已是極限了。

「我也是，」他回我，「接下來呢？我們有答案嗎？」

他握住我的手，但我只希望聽到他告訴我那個問題的答案。要是說出保持聯絡這種話，也未免太言不及義了。我知道我們一定會的，但除此之外呢？

我搖搖頭，「我不知道。」

我們回到零售場，卡列博吻了我之後，退後一步，要是他打算現在收手，感覺似乎也說得過去。已經沒有什麼能夠讓我留在這裡、或是保證我們能夠更進一步的聖誕奇蹟了。

「晚安，西耶拉。」

我沒辦法和他說出相同的話，我回道，「明天見。」

他往自己停車的方向走去，頭低低的，我發現他正在看鑰匙圈上的合照。他開了車門之後，再次看著我。

「晚安。」

我回道，「明天一早見。」

❖ ❖ ❖

醒來的時候，我的內心五味雜陳。我早餐弄得很簡單，紅糖加上燕麥粥，吃完之後就直接前往海瑟的家。我到了她家門口，發現她正坐在門廊前等我。

她坐著不動，開口說道，「妳又得離開我了。」

「我知道。」

「而且，下一次在這裡見到妳，也不知道是什麼時候的事了。」她終於站起來，抱住我，好久好久，不願放手。

卡列博的貨卡開進車道，他還載了戴文過來。兩人一起下車，手裡都拿著包裝好的小禮物，昨晚他開車離去時的那股憂愁似乎消失不見了。

他開口問好，「聖誕快樂！」

海瑟與我也同聲回道，「聖誕快樂！」

他們兩人各親了一下我們的臉頰，然後，海瑟帶我們進了她家廚房，咖啡蛋糕與熱巧克力早就準備好了。卡列博婉謝了咖啡蛋糕，因為他已經和他媽媽與艾比吃過了早餐，入肚的是蛋餅加法式吐司。

他解釋，「這是我們家的某項傳統。」不過，他還是在自己的熱巧克力丟進薄荷糖晶棒。

海瑟與戴文貼靠椅背，望著我們兩人在講話。這可能是我們最後一次的聊天機會，他們似乎不想催促我們，打斷我們的談話。

我問道，「你有沒有告訴你媽媽你早就發現了禮物？」

他淺嚐了一口熱巧克力，露出微笑。「她威脅我，明年只送我禮物卡。」

「嗯，她今年為你找到了完美禮物。」我靠過去，給了他一個吻。

「說到這個，」海瑟插嘴，「我們也該來交換禮物了。」

當戴文打開他那包軟綿綿的禮物時，我差點不敢看。他拿出一條凹凸不平而且長度不夠的紅綠色圍巾。他側著頭，把它翻過來又翻過去。然後，他笑了，這應該是我第一次看到他露出如此真誠開懷的笑容。「小可愛，是妳織的？」

海瑟也對他甜笑，聳了一下肩膀。

「我好喜歡！」他把圍巾披在脖子上，連鎖骨也遮不住，「從來沒有人為我織過圍巾，真無法想像這到底花了妳多少時間！」

海瑟笑容燦爛，盯著我，我點點頭，她衝向戴文，坐在他大腿上擁抱他，「我這個女朋友真是糟糕，」她說道，「對不起，以後我會更努力。」

戴文往後一退，滿臉困惑，他摸著圍巾。「我說我喜歡哪！」

海瑟回到自己的座位，又拿出裝有喜劇節門票的信封。他看起來也是很開心，但似乎比不上他依然驕傲圍在脖子上的那條圍巾。

海瑟將某個信封從桌上遞到我面前，「現在還不適用，」她說道，「但希望能讓妳滿心期待。」

我拿出某張摺了三次的印刷物，花了好幾秒的時間才看懂這是從此地出發、前往奧勒岡州的火車票收據，時間就在春假！「妳要過來看我？」

海瑟在座位裡手舞足蹈。

我走到海瑟身邊，把她抱得緊緊的。我好想知道卡列博對於海瑟要過來看我會作何反應，但我知道無論他出現什麼表情，都只會讓我過分解讀而已。所以我乾脆吻了一下海瑟的臉頰，繼續抱著她。

戴文把某個圓柱狀的小禮放在卡列博面前，然後又給了海瑟另外一份。「我知道我們已經度過了完美的一天，所以我就挑了一模一樣的禮物、送給妳和卡列博。」

卡列博把禮物拿在手中，掂了掂重量。

戴文看著我，「西耶拉，其實都是因為妳，我才會選了這樣的禮物。」

卡列博與海瑟同時拆開包裝，極其別緻的聖誕節，香氛蠟燭。

卡列博深吸一口氣，然後又看著我。「對，這禮物的確會讓我陷入瘋狂。」

我拿了根糖晶棒，放入自己的杯中，開始攪拌，此時此刻，我的心情激動難平。今天早晨的時光流逝得這麼快，而現在我得拿出自己的禮物了。我把某個包裝好的小禮盒、從桌上推到海瑟的面前。

她回我，「小盒子裝的總是大禮。」她撕開包裝紙，拿出黑色絲絨小盒，打開之後，拿出了一條我在市中心買的銀鍊，上面刻有經緯度：北緯45.50°，西經123.10°。

「那是我們林場的經緯度位置，」我回道，「現在妳隨時可以找到我了。」

海瑟走到我面前，緊緊抱住我，對我低語，「一定。」

我把卡列博的禮物交到他手中，他小心翼翼拆開包裝，一次只拆一條膠帶。海瑟偷偷在桌下伸腳踢我，但我就是忍不住一直盯著卡列博。

「趁你還沒打開，」我告訴他，「我得先說，這份禮物沒花一毛錢哦。」

他露出酒窩微笑，拿出了那個閃亮紅盒。

「不過，卻花了我好多的心力，」我說道，「奪走了我好多淚水，還有我永遠不會割捨的諸多記憶。」

他低頭看著盒子，雖然盒蓋還沒有打開，但我發現他的微笑消失了，我猜他已經知道裡面是什麼。他也知道我之所以會送出這份禮物，所蘊含的意義何其重大。他一派慎重，掀開蓋子，手繪聖誕樹的那一面正好朝上。

我望著海瑟，她雙手摀嘴。

戴文看著我，「我不懂這是什麼耶。」

海瑟打了一下他的肩膀，「等一下再告訴你。」

卡列博十分吃驚，依然死盯著這份禮物。「這不是放在奧勒岡嗎？」

「先前是啊，」我繼續說道，「但它現在必須搬到這裡了。」其實我還有一份禮物沒帶過來，也就是我不知自己能否出席的舞會門票，它們依然還在拖車那裡，藏在我們與聖誕老公公合照的後頭。

他從盒中取出那塊切片，指尖握住了外圈的樹皮。「獨一無二。」

「沒錯，」我回道，「現在這是你的了。」

他給了我一個未包裝的亮綠小盒，上頭紮了紅色緞帶。我褪去緞帶，打開盒蓋，裡面有一小坨棉花，下面是木頭切片，與我送給他的禮物正好是同樣尺寸。而木片的正中央畫了一棵聖誕樹，天使棲歇樹頂。我一臉疑惑望著他。

「我後來又回去紅雀峰，找妳的那棵樹，」他繼續解釋，「這就是樹底切下來的木片，妳必須帶著它的其中一部分回到家鄉。」

現在輪到海瑟與我吃驚摀嘴，戴文的手指開始頻敲桌面。

卡列博說道，「幾個禮拜之前，我買了別的禮物給妳，」他拿出一個幾乎透明的黃金小袋，「注意哦，這個袋子薄如蟬翼。」

我哈哈大笑，「的確是薄如蟬翼。」由於布面薄透，我立刻看出裡面裝的是一條金項鍊，我鬆開袋口的抽繩，倒出有小型飛行雁鴨垂飾的項鍊。

他的聲音好溫柔，「這也是我們每年冬天殷殷期盼的南下嬌客。」

我們四目相接，激動熱切，彷彿海瑟與戴文根本不在我們身邊一樣。

海瑟果然與我有默契，她開口說道，「親愛的，幫我找一下聖誕音樂。」

我與卡列博緊盯著彼此不放，我鑽入他的懷中，開始吻他，然後，我把頭靠在他的肩上，真希望我永遠不要離開這裡。

他開口說道，「謝謝妳的禮物。」

「也謝謝你送我的禮物。」

隔壁房間傳來了聖誕節的悠揚樂曲，直到第三首歌開始播放的時候，我們兩個才不捨分開。

「可不可以讓我開車送妳回去？」

我挺直身子，拉開頸部的頭髮。「要不要先幫我戴上項鍊？」

卡列博先把墜飾放在我的鎖骨上，然後扣上了我頸後的小鉤，我想要牢牢記住他的指尖每一次碰到我肌膚時的那種感覺。我們拿了外套，與倚靠在沙發上的海瑟與戴文道別。

雖然卡列博就在我的身邊，但這短短的車程卻讓我覺得好寂寞，宛若我們正準備要返回各自的世界。我撫弄了項鍊好幾次，而且還發現我只要做出這個動作，他就會偷瞄我。

我下了車，雙腳一碰到地面，就覺得彷彿被黏住了不放。「我不想就這樣分開。」

他問我，「還有沒有其他方法？」

「你必須要與你媽媽還有艾比共進晚餐，我們得花一整個晚上的時間將這裡恢復原狀，」我繼續說道，「我和我媽媽得一大早離開這裡。」

「幫我一個忙。」

我等他開口。

「要對我們兩個有信心。」

我點點頭，緊緊咬住下唇。然後，退後一步，關上了車門，對他輕輕揮手道別。他開車離去之後，我開始禱告。

拜託，千萬不要讓今天成為我與卡列博的最後一次相會之日。

24

好幾名棒球隊隊員，再加上路易斯與傑里邁亞，一同幫忙拆除「大腳趾」。其他人則取下了雪花燈飾、理好電線。我則負責服務現在來買剩貨的客人。現在每棵樹的價錢不過就是幾塊美金而已，他們可以等到樹木風乾之後、當作柴火。

市政府公園處的員工也開著卡車過來，我們協助他們裝載樹木，之後它們將沒入鄰近湖泊裡、成為礁脈。

整個早上與下午過去了，我發現自己頻頻在撫摸項鍊。到了晚餐時分，爸媽與我窩在拖車裡吃中國餐館的外帶料理，好幾個工讀生也返家與親人共進晚餐。一如往年，我們會在幾乎已經是一片空曠的零售場架起營火，大家坐在木頭長椅或是折疊椅上面，圍著營火烤棉花糖。路易斯拿了餅乾與巧克力，分傳給大家做棉花糖夾心餅。海瑟與戴文也來了，為了元旦活動而老早就開始拌嘴。他想要看美式足球賽，但她卻希望登山健行來迎接新年的第一天。

傑里邁亞坐在我旁邊，「西耶拉，今天是聖誕節，但妳的表情也未免太悲傷了。」

「聖誕節早上的拆除工作，總是讓我覺得好討厭，」我回道，「今年更是超級煎熬。」

他問我，「都是因為卡列博？」

「卡列博、這座城市，以及所有的一切，」我看著坐在營火附近的人，「應該這麼說吧，這段時間讓我愛戀不捨，我從來不曾有過這樣的體驗。」

「妳願意接受別人的忠告嗎？」

我盯著他，「要看忠告的內容而定。」

「身為一個大半輩子與卡列博在一起打混、而且要繼續奮戰爭取更多相處機會的老友，我只能告訴妳，一定要竭盡全力、和他在一起，妳非常適合他，」他繼續說道，「而他似乎也與妳十分登對。」

我點點頭，硬是壓下哽咽的衝動，「他很適合我，」我回他，「我知道，但就邏輯面看來，要怎麼——」

「別管邏輯吧，」他繼續說道，「邏輯不會知道妳真正的想望。」

「我明白，而這不只是一種想望，」我凝望火光，「它的層次更勝於此。」

「那麼，妳真的很幸運，」他回道，「因為我們都認識的某個人，也同樣在乎比想望層次更高的情愫。」

他拍了拍我的肩膀，我看著他，他伸手指向紅雀蜂的幽影，接近山頂的地方出現了數百顆的閃亮色光。

我伸手摀胸，「那些都是我的樹嗎？」

他回道，「才剛點亮而已。」

我口袋的手機響了。我看了看傑里邁亞，他只是聳肩以對。我拿出手機，發現卡列博傳訊給我，妳的聖誕樹家族與我已經開始想念妳了。

我跳起來，「他在山上，我得去找他！」

爸媽坐在營火的另外一頭，兩人共圍一條長圍巾取暖。

「我可以去……？我得……？」我指了指紅雀峰，「他……」

他們都對我露出微笑，媽媽說道，「我們明天一大早就得動身了，不要在外頭待得太晚。」

爸爸回道，「還真是會挑時候。」媽媽與我哈哈大笑。

我瞄了一下海瑟與戴文，他摟著她，她也依偎在他懷中，在我離開之前，我伸出雙臂、一次抱了他們兩個人。

海瑟瞄了一下我爸媽，確定他們聽不見之後，在我耳邊低語，「你們兩個記得要抱緊取暖。」

我望著傑里邁亞，「可不可以麻煩你載我過去？」

「當然沒問題。」

「好，」我回道，「但我得先拿個東西。」

❖ ❖ ❖

從零售場前往紅雀峰鐵門的這段路程，感覺比以往都要來得漫長。

傑里邁亞把車停在泥巴地，「聖誕樹女孩，妳自己上去囉，我不要當電燈泡。」我們同時看著山丘，凝望我那些聖誕樹的遙遠燈光。他打開置物箱，給了我一支小手電筒。

我傾身向前，抱了他一下。「謝謝。」

等到車尾燈消逝之後，這裡只剩下我、微弱的光束，還有黑影幢幢的山丘。整個山區一片漆黑。但我的聖誕樹上頭卻出現了繽紛亮光，而且，那裡有個非常特別的人正在等我。

現在，距離主路的最後一個彎口只剩下幾碼的距離而已，我覺得我一定是靠著翅膀飛上來的。我已經相當靠近聖誕樹燈飾的光源，關掉手電筒也可以安全走到他身邊。卡列博的貨卡就停在我的前方，副座的窗戶是打開的，車門上垂掛著一條電源線，直通卡列博所站立的灌木叢位置，他背對著我，遠望這座城市，然後，又看了一下手機，應該是在等待回應。

「你好棒！」

他轉身過來，笑容燦爛。

我步入樹叢，「我以為你今晚和家人在一起。」

「本來是啊，但顯然我心不在焉，」他繼續說道，「艾比唸我，不要再這樣鬱鬱寡歡了，趕快去找妳。我覺得，要是能夠以這種方式讓妳過來找我，感覺應該更美好。」

「的確把我引來了。」

他趨前一步，點點亮光在他的臉龐不斷舞動，我們同時伸手，緊緊依偎在一起，接吻，而這一吻也消融了我所有的疑慮，我要這樣的感覺。

我希望我們能在一起。

我在他耳邊低語，「我也有東西要給你。」我從屁股口袋取出了摺好的信封。

他接過去，我打開手電筒，對著他的雙手。他手指顫抖，不知道是因為天冷還是期盼，原來這山上會緊張的不是只有我一個人而已，好開心。他拿出情侶在玻璃雪球裡共舞的冬季舞會門票，望著我，我知道我們兩人都露出了一模一樣的開懷笑容。

「卡列博，可以當我的冬季舞會舞伴嗎？」我問道，「我不想找別人。」

他回道，「妳叫我做什麼都可以。」

我們兩個熱情緊擁在一起。

「你真的會去嗎？」

他的頭往後一靠，對我微笑。「不然我存小費是要幹嘛？」

我望著他的眼眸，接下來說出的話宛若發表宣言一樣慎重，「你知道我愛你。」

他傾身向前，在我耳畔輕聲細語，「妳知道我也愛妳。」

他吻了我的頸項一下，然後，他走向貨卡，我靜靜等待。他鑽進敞開的車窗，轉動車鑰匙，〈這是一年中最美妙時光〉的樂聲，迴盪在這個清冷之夜，陪伴著我們。

眼望底下的這座城市，我看到了爸媽、還有我的幾個好友正圍在營火旁邊取暖，也許，在這一刻，他們正仰頭凝望著這個地方。如果真是如此，我希望他們面露微笑，因為我也對他們露出了甜笑。

卡列博問我，「要不要和我一起跳舞？」

我把手伸出去，「我們不妨好好練習一下。」

他握住我的手，帶我旋身一次之後，我們開始輕移腳步。點點聖誕燈光，在我的樹上不停閃耀，與我們在微風中一同翩翩起舞。

GroWing 17

愛的聖誕時光 What Light

愛的聖誕時光/ 傑伊.艾夏作 ; 吳宗璘譯. -- 初版. --
臺北市 : 春天出版國際, 2018.08
面； 公分. -- (GroWing; 17)
譯自 : What light
ISBN 978-986-95077-2-1(平裝)

874.57 106024093

ISBN 978-986-95077-2-1
Printed in Taiwan

作 者 傑伊・艾夏
譯 者 吳宗璘
總編輯 莊宜勳
主 編 孟繁珍

出版者 春天出版國際文化有限公司
地 址 台北市信義路四段458號3樓
電 話 02-7718-0898
傳 眞 02-7718-2388
E－mail frank.spring@msa.hinet.net
網 址 http://www.bookspring.com.tw
部落格 http://blog.pixnet.net/bookspring
郵政帳號 19705538
戶 名 春天出版國際文化有限公司
法律顧問 蕭顯忠律師事務所
出版日期 二〇一八年八月
定 價 290元

總經銷 楨德圖書事業有限公司
地 址 台北縣新店市復興路45號3樓
電 話 02-2219-2839
傳 眞 02-8667-2510
香港總代理 一代匯集
地 址 九龍旺角塘尾道64號 龍駒企業大廈10 B&D室
電 話 852-2783-8102
傳 眞 852-2396-0050